**O ALIENISTA CAÇADOR
DE MUTANTES**

MACHADO DE ASSIS E
NATALIA KLEIN

WARNING - AVISO

Esta é uma obra de ficção baseada na obra original escrita por Machado de Assis e publicada em 1882.

Toda semelhança é proposital, e as diferenças também. Aqui você encontra uma nova versão do clássico, com todos os elementos do imaginário que povoam nossa literatura.

O alienista caçador
de mutantes

1ª reimpressão

classicos
FANTÁSTICOS

lua de papel

Copyright © Natália Klein 2010

Direção editorial: Pascoal Soto

Editor: Pedro Almeida

Produção editorial: Talita Camargo e Marília Chaves

Preparação de textos: Laura Bacellar

Revisão: Marília Chaves

Capa e imagem de capa: Retina 78

Projeto gráfico, ilustrações e diagramação: Osmane Garcia Filho

Dados Internacionais de Catalogação na Publicação (CIP)
(Câmara Brasileira do Livro, SP, Brasil)

Klein, Natália
O Alienista caçador de mutantes / Machado de Assis; [adaptado por] Natália Klein. — São Paulo : Lua de Papel, 2010.

ISBN: 978-85-63066-33-6

1. Ficção brasileira I. Assis, Machado de,
1839-1908. II. Título.

10-08759   CDD-869.93

Índice para catálogo sistemático:
1. Ficção : Literatura brasileira 869.93

2010
Todos os direitos desta edição reservados à
Texto Editores Ltda.
[Uma editora do grupo Leya]

Av. Angélica, 2163 – conj. 175/178
01227-200 – Santa Cecília – São Paulo – SP
Blog da Lua: www.leya.com.br/luadepapel
Twitter: @luadepapel_BRA / @EditoraLeya

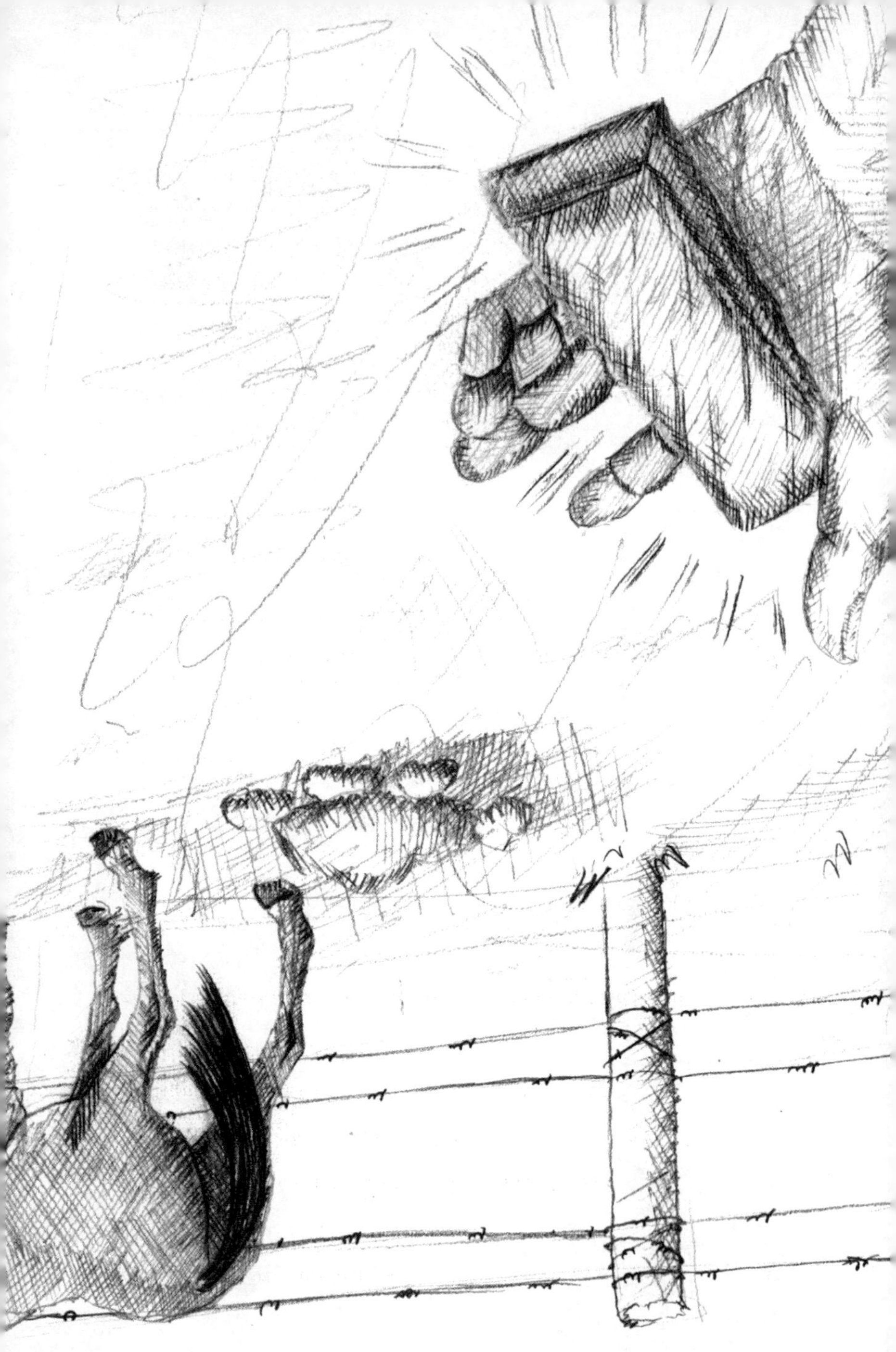

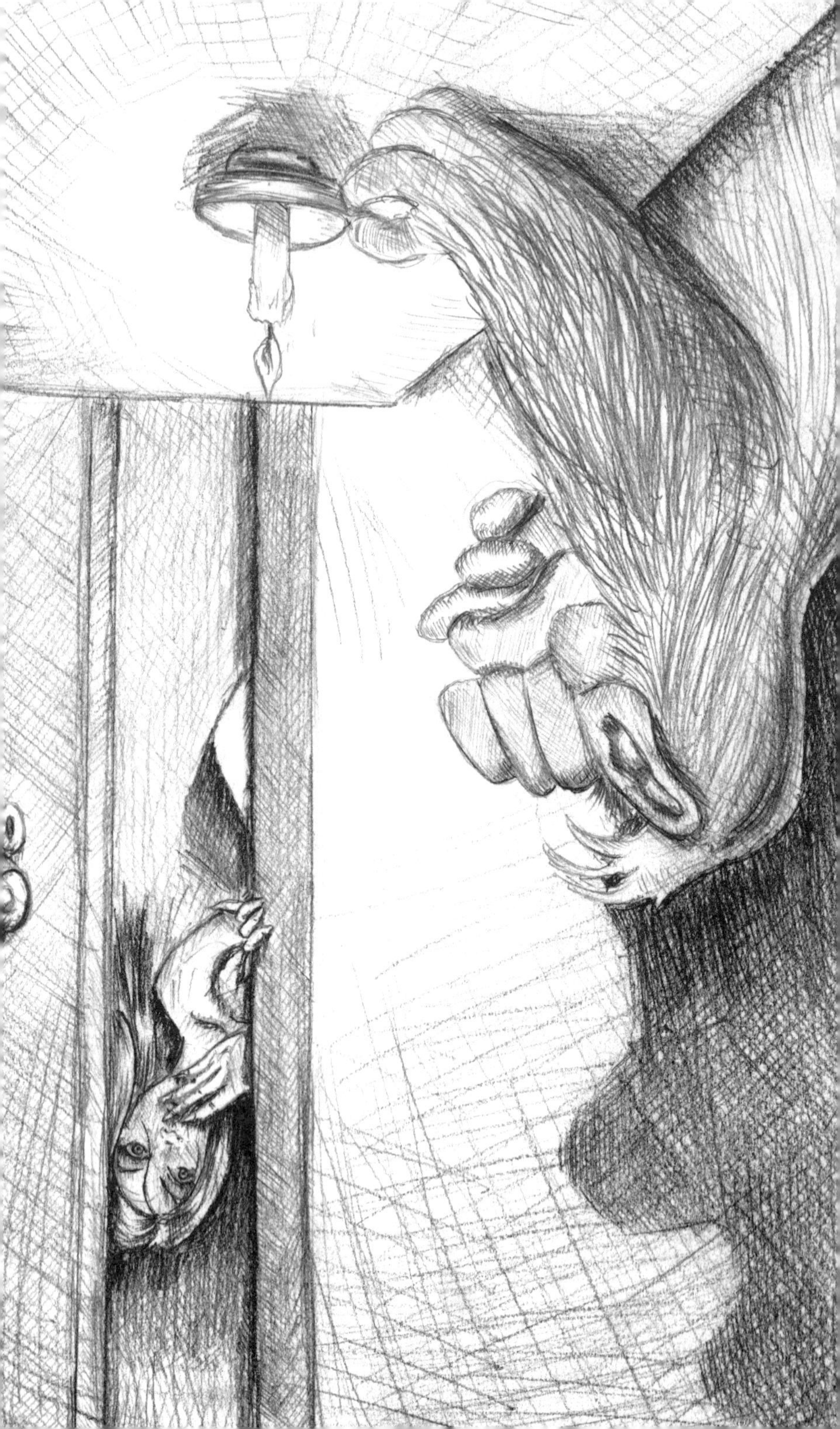

CAPÍTULO **1**

Como Itaguaí ganhou uma casa de mutantes

As crônicas da vila de Itaguaí dizem que em tempos remotos estranhos eventos se sucederam por aquela região. Em uma calma madrugada de janeiro, uma grande explosão iluminou o céu, sendo testemunhada por diversos moradores que saíram em pânico pelas ruas bradando ser aquele o sinal do fim dos tempos.

Poucos minutos depois, sem que o mundo tivesse acabado — e bastante constrangidos pelo alarde, especialmente os que aproveitaram a ocasião para tirar a roupa e fazer revelações íntimas — todos voltaram às suas casas dando o assunto por encerrado. Mal sabiam os nobres senhores que destroços de uma suposta espaçonave seriam encontrados pelas redondezas.

De lá, consta nas crônicas, saíra um ser de pele viscosa e amarronzada, de olhos vermelhos como o sangue e três protuberâncias na cabeça, assemelhando-se a chifres. A criatura foi vista por três moçoilas itaguaienses — duas delas de boa família. Assustadas, elas fugiram após o contato, classificado por especialistas como sendo de terceiro grau. Já a terceira moça, cuja fama de namoradeira ultrapassava os limites da vila, decidiu ficar e investir no forasteiro que, segundo seu relato, fugiu tão logo foi usada a palavra *compromisso* — indício de que a criatura possuía amplo domínio da Língua Portuguesa.

Após o incidente, Itaguaí passou a ser o foco de agentes internacionais e estudiosos, dentre eles, um médico infectologista, o Dr. Simão Bacamarte. Ninguém ali, nem mesmo os mais influentes e bem informados, sabia ao certo a procedência daquele distinto homem, e não demorou muito para surgir uma versão oficial, que, de tão repetida, tornou-se fato inquestionável: "filho da nobreza da terra e o maior dos médicos do Brasil, de Portugal e, por que não dizer, do mundo", Bacamarte recebeu do povo a alcunha de alienista — que vinha a ser uma combinação de *alien* com especialista.

— A ciência — disse do nada, sem que ninguém lhe houvesse feito qualquer pergunta — é o meu emprego único, e Itaguaí é o meu Universo — concluiu, encarando fixamente o horizonte, enquanto todos se entreolhavam no mais absoluto silêncio.

Dito isso, meteu-se em Itaguaí, e entregou-se de corpo e alma ao estudo da ciência, alternando o atendimento aos pacientes com as mais variadas pesquisas e experimentos. Aos quarenta anos, casou-se com D. Evarista da Costa e Mascarenhas, senhora de vinte e cinco anos, viúva de um juiz de futebol ladrão — morto em um trágico e misterioso acidente ocorrido, por coincidência, após ele ter apresentado oito cartões vermelhos durante uma partida contra o time local.

D. Evarista não era bonita nem simpática — o que admirou os amigos do alienista, que tentaram demovê-lo de tal ideia, chegando inclusive a apresentá-lo a *mui* respeitáveis dançarinas exóticas. Simão Bacamarte explicou-lhes que D. Evarista reunia condições fisiológicas e anatômicas de primeira ordem, digeria com facilidade, dormia regularmente, tinha bom pulso, e excelente vista; estava assim apta para dar-lhe filhos robustos, sãos e inteligentes. Se além dessas qualidades — únicas dignas da preocupação de um sábio —, D. Evarista era mal composta de feições, longe de lastimá-lo. Se D. Evarista era gorda, se tinha um buço denso e um semblante de quem parecia estar sempre constipada, se puxava de uma perna e tinha mau hálito, agradecia-o a Deus, pois não corria o risco de preterir os interesses da ciência na contemplação exclusiva e vulgar da companheira tribufu.

D. Evarista contrariou as esperanças do Dr. Bacamarte e não lhe deu filhos robustos nem magricelas. A índole natural da ciência — bem como a do brasileiro — é a de não desistir nunca. Sendo assim, o nosso médico esperou três anos, depois quatro, depois cinco, depois trinta minutos até a pizza chegar, comeu e foi dar uma volta pelo quarteirão.

Ao cabo desse tempo, fez um estudo profundo do assunto, procurou no *Google* e leu na *Wikipédia* que a melhor solução era colocar a mulher em um regime alimentício especial, combinado a sessões de acupuntura, ioga, *shiatsu* e massagem tântrica.

Mas, quando a ilustre dama voltou para casa toda vestida em couro preto, revelando sua bela carne de porco de Itaguaí, o esposo não atendeu aos seus apelos e fugiu de casa, alegando ter uma reunião importante. E à sua resistência no cumprimento das obrigações maritais — explicável, mas inqualificável — devemos a total extinção da dinastia dos Bacamartes.

Mas a ciência, bem como a vodca e a tequila, tem o incrível dom de curar todas as mágoas e, após rumores de que uma névoa suspeita teria saído pela fuselagem da espaçonave na ocasião do acidente, o nosso médico mergulhou inteiramente no estudo e na prática da infectologia. Foi então que um dos recantos desta lhe chamou especialmente a atenção — a contaminação por vírus alienígena, que viria a causar mutações genéticas em seus hospedeiros.

Não havia no país, e em toda a América Latina, uma só autoridade em semelhante matéria, praticamente inexplorada. Simão Bacamarte compreendeu que a ciência brasileira podia se encher de *glória* — expressão usada por ele mesmo, em um arroubo de frescura doméstica, pois exteriormente era bastante enrustido, segundo convém aos sabedores.

— A genética humana — bradou ele — é a ocupação mais digna do médico.

— Do verdadeiro médico — emendou Crispim Soares, farmacêutico da vila e um dos seus amigos mais chegados.

A Câmara dos Vereadores de Itaguaí, conforme verificaram os cronistas, não tinha nenhuma política definida para o caso dos mutantes. Assim é que cada mutante furioso era trancado em um quarto, na própria casa, enquanto os mansos andavam à solta pela rua e muitas vezes até faziam uso de suas mutações em benefício da comunidade. Não era incomum ver um ciclope soldando fios elétricos com o raio laser que vertia de seus olhos ou mesmo testemunhar um homem elástico resgatando o gatinho da vizinha que havia subido na enorme mangueira da Rua Antiga.

Simão Bacamarte entendeu desde logo que era necessário reformar aquele costume e pediu uma licença à Câmara para construir um edifício onde internaria e trataria todos os mutantes de Itaguaí, mediante um subsídio, que a Câmara lhe daria quando a família do infectado não tivesse condições de fazê-lo.

A proposta despertou a curiosidade de toda a vila e encontrou grande resistência. A ideia de meter os mutantes em uma mesma casa, vivendo em comum, pareceu caótica e não faltou quem se queixasse até à mulher do médico:

— Olhe, D. Evarista — disse-lhe o Padre Lopes, vigário do lugar —, veja se seu marido não quer dar um passeio com a senhora no Rio de Janeiro. Isso de estudar sempre, sempre, não é bom.

D. Evarista ficou passada. Foi ter uma conversa com o marido, disse-lhe "que estava com desejos", um principalmente, o de ir ao Rio de Janeiro e fazer tudo o que ele achasse adequado, *tudo mesmo*, ela insinuou cheia de segundas intenções. Faltava uma semana para o carnaval e ainda era possível desfilar em algumas escolas de samba, ela tentou argumentar. Mas a vaga imagem mental de sua esposa usando tanguinha foi suficiente para que aquele grande homem, com a rara sagacidade que o distinguia, refutasse solenemente o pedido de D. Evarista.

Dali foi à Câmara, onde os vereadores debatiam a proposta de abertura da casa de mutantes, e o alienista a defendeu com tanta eloquência e entusiasmo, que a maioria resolveu autorizá-lo ao que pedira, votando ao mesmo tempo um imposto destinado a subsidiar o tratamento, alojamento e mantimento dos mutantes pobres.

A matéria do imposto, não foi fácil achá-la, tudo já estava tributado em Itaguaí. Depois de longos estudos, concordou-se em permitir o uso de dois penachos nos cavalos dos enterros — porque, sabe-se lá a razão, em Itaguaí se mantinha o velho costume de levar os mortos até o cemitério a cavalo. Não era muito prático, além de definitivamente não ser muito sanitário, mas era tradicional e considerado de bom tom.

O escrivão, sujeito humilde e disléxico, mas bastante esforçado, perdeu-se nos cálculos aritméticos do rendimento possível da nova taxa, e o presidente da Câmara, que não acreditava na proposta do alienista, pediu que se relevasse o escrivão de um trabalho inútil.

— Os cálculos não são precisos — ele observou. — Alguém pode me explicar por que diabos temos um escrivão disléxico?

Mas a Câmara permaneceu calada e, após um longo silêncio, um dos vereadores tomou coragem e pronunciou-se em defesa do rapaz, muito querido na vila:

— As contas estão corretas, senhor, o escrivão trocou apenas a ordem dos números — explicou, enquanto os demais vereadores analisavam os documentos e concordavam com a constatação.

— É só inverter o segundo e o penúltimo algarismo de todos os números que aparecem no relatório — concluiu o outro. — O escrivão é disléxico, mas mantém um padrão.

— Isso não faz sentido! — bradou o presidente, amassando o documento e jogando-o no lixo. — Além disso, onde já se viu meter todos os mutantes dentro da mesma casa? Aquele alienista não atende nem às necessidades da esposa, vai atender às do povo de Itaguaí? — debochou, enquanto a Câmara se ria da comparação.

Era sabido, entre moradores da vila, que Simão Bacamarte e a esposa tinham problemas conjugais. Nos círculos sociais, comentava-se que os dois dormiam em quartos separados, um em cada ala da enorme casa que compartilhavam na área mais nobre do lugar. D. Evarista já andava se queixando para suas confidentes da falta de atitude do marido e era quase impossível não se notar como a respeitável senhora se insinuava para outros homens, usando decotes obtusos que esmagavam seus fartos seios de uma maneira esteticamente questionável.

O alienista, por sua vez, tinha apenas uma preocupação: a casa de mutantes. E se empenhou para arranjar tudo o que a Câmara lhe pedia. Uma vez empossado da licença, começou logo a construir a casa. Era na Rua Nova, a mais bela rua de Itaguaí; naquele tempo em que as pessoas não eram muito criativas na elaboração de endereços. Havia cinquenta janelas de cada lado, um pátio no centro e numerosos cubículos para os hóspedes.

Como fosse grande arabista, achou no Corão que Maomé declara veneráveis os mutantes, pela consideração de que Alá lhes tira parte da humanidade para que não cometam os mesmos pecados que os homens. A ideia pareceu-lhe bonita e profunda, e ele a fez gravar na fachada da casa, mas, como tinha medo da reação do vigário, e, por tabela, do bispo, atribuiu o pensamento a um respeitável católico, no caso, Mussolini.

A Casa Verde foi o nome dado à instituição, por alusão à cor das janelas e também ao que se acreditava ser a cor dos marcianos. Inaugurou-se com imensa pompa. De todas as vilas e povoações próximas, e até remotas, e da própria cidade do Rio de Janeiro, veio gente para assistir às cerimônias, que duraram sete dias. Muitos mutantes já estavam recolhidos, e os parentes tiveram a chance de ver o carinho paternal e a caridade cristã com que eles iriam ser tratados.

D. Evarista, contentíssima com a *glória* do marido, vestiu-se luxuosamente, cobriu-se de joias, flores e sedas, e todos comentavam como ela estava idêntica a um hipopótamo ornamentado. A esposa do alienista era uma verdadeira rainha — moma — naqueles dias memoráveis. Ninguém deixou de ir visitá-la duas, três, quatro vezes ao dia, às vezes mais, dependendo do número de refeições servidas em sua casa. Apesar dos costumes caseiros e recatados do lugar, não havia melhor boca livre do que os banquetes de D. Evarista. E não só a bajulavam, como a idolatravam, pois viam nela a feliz e obesa esposa de um alto espírito, de um homem ilustre, de um heroi que iria salvar o povo de uma epidemia alienígena.

Ao cabo de sete dias, expiraram as festas públicas. Itaguaí tinha finalmente uma casa de mutantes.

CAPÍTULO 2

Torrente de mutantes e seus poderes sobre-humanos

Três dias depois, numa expansão íntima e quase homoerótica com o farmacêutico Crispim Soares, desvendou o alienista o mistério do seu coração.

— A caridade, meu bom Crispim, entra bem fundo no meu trabalho, mas entra como tempero, como o sal das coisas, como pimenta e tantos outros condimentos picantes... — dizia, acariciando os cabelos ensebados do farmacêutico, que suava frio, incomodado com tamanha manifestação de intimidade. — O principal nesta minha obra da Casa Verde é estudar profundamente as mutações genéticas, os seus diversos graus, classificar-lhes os casos, descobrir enfim a causa do fenômeno e o remédio universal, o antídoto para torná-los novamente humanos. Este é o mistério do meu coração — concluiu, inclinando a cabeça e desenhando um coração com as mãos.

Fez-se um breve silêncio, que para Crispim pareceu durar uma eternidade.

— Está ficando tarde, acho melhor eu voltar para casa — disse o farmacêutico, tentando se desvencilhar daquela situação constrangedora.

— Não seja tolo, Crispim — replicou o alienista, dando-lhe um tapinha na bochecha. — Aproveitemos este momento a sós, livres de D. Evarista. Apenas você me compreende, meu querido Crispim, sua companhia oferece muito maior campo aos meus estudos.

— Muito maior — repetiu o farmacêutico, distraído, com o olhar fixo na porta da frente. Arrependeu-se do comentário tão logo viu surgir no rosto do alienista um sorriso perturbador.

— Quão maior? — perguntou, aproximando-se do farmacêutico. — Você diria que é grandioso? Monumental? Diga-me, Crispim, satisfaça minha curiosidade.

— Eu preciso mesmo ir — alegou o outro, afastando-se de Bacamarte, que o imprensava na parede ocre de seu escritório.

— Você está nervoso, meu belo Crispim? — inquiriu, com seu rosto praticamente colado à face redonda do farmacêutico.

— Não, de maneira nenhuma — dizia Crispim, gaguejando e suando feito um porco. — Veja bem, eu estou fora de casa o dia todo, cuidando da farmácia, ainda não jantei.

— Pois então eu insisto que fique! — bradou o médico, em gestos expansivos. — Eu cozinho para você. Sou um homem viajado, como já deve ter ouvido falar. Tenho muita experiência — sussurrou. E em seguida foi depressa até a cozinha, enquanto Crispim Soares pegava um lenço para secar a testa e a nuca que agora pingavam sobre sua roupa.

— Você gosta de rabanete? — perguntou, de longe, o alienista. — Tenho toda sorte de legumes para escolhermos, dizem os estudiosos que faz bem para a próstata.

A salvação de Crispim Soares — a esta altura pálido feito um nabo —, foi a chegada de D. Evarista, que adentrou à casa com apetite suficiente para devorar todos os rabanetes e os demais legumes sugestivos que seu marido pusesse na mesa.

Algumas semanas depois, ainda sem entender por que o farmacêutico deixara de visitá-lo, Simão Bacamarte foi surpreendido pela chegada de uma caravana de mutantes, vinda de todas as vilas e arraiais vizinhos. Eram furiosos e vingativos, eram pacíficos, eram superpoderosos. Era toda família de homens-gosma, homens-borracha, homens de aço. Em quatro meses, a Casa Verde era uma povoação. Não bastaram os primeiros cubículos, mandou-se anexar uma galeria de mais trinta e sete.

O Padre Lopes confessou que não imaginara a existência de tantos mutantes no mundo e, menos ainda, o inexplicável de alguns casos. Um, por exemplo, um rapaz bronco e vilão, que todos os dias, durante o almoço, destrinchava a comida com lâminas que saíam-lhe das mãos, rasgando-lhe a pele, e que depois tornavam ao mesmo lugar de onde vieram — sendo possível ainda testemunhar a cicatrização imediata da ferida por elas deixada. O vigário não podia crer.

— Pois deveria — respondeu-lhe o alienista —, a verdade é esta que o senhor está vendo. Isto ocorre todos os dias.

— Na minha opinião — disse o vigário —, isso tudo só se pode explicar pelo Apocalipse, segundo nos conta a Escritura. Provavelmente chegamos ao Juízo Final e muito em breve assistiremos ao fim dos tempos.

— Essa pode ser a explicação *divina* do fenômeno — concordou o alienista, fazendo um gesto circular com uma das mãos, enquanto admirava sua própria imagem refletida no vidro da janela. — *Divina* — repetiu, realizando uma espécie de dança contemplativa para si mesmo, ignorando a presença do vigário, que aguardava confuso o desfecho daquele pequeno espetáculo. — De qualquer forma —

disse o alienista, voltando à realidade como se nada tivesse acontecido —, não é impossível que haja também alguma razão alienígena e puramente científica, e disso trato.

— Pode ser, pode ser — concordou o Padre Lopes, ainda desnorteado com a cena que acabara de testemunhar. Dirigiu-se discretamente até a janela tão logo o alienista se afastara e analisou-a com atenção. Depois aproximou o rosto e tocou no vidro, intrigado, embora não houvesse verificado ali nada além de uma mera superfície translúcida. Foi-se embora sem tirar grandes conclusões.

Mas o vigário estava certo quanto ao seu assombro. Na Casa Verde, os mutantes eram muitos e os amigáveis bastante raros — sendo os últimos ainda mais espantosos pelo curioso da mutação. Um deles, um rapaz chamado Alfredo, ou *Alf*, como lhe chamavam os mais chegados, dizia-se bastante *teimoso*. Possuía belas madeixas castanhas que foram crescendo e se espalhando por todo seu corpo até que ele se tornasse algo parecido com um mascote de pelúcia. Mas o que realmente chamava a atenção era o formato fálico de seu nariz, que em muito se assemelhava a um avantajado membro masculino. Simão Bacamarte era capaz de passar horas e horas analisando aquele órgão e chegava até a fazer esboços para estudar em casa, onde, sem que D. Evarista soubesse, ele passava mais algumas horas trancafiado no banheiro, estudando.

Outro mutante célebre era um boiadeiro de Minas Gerais, cuja mutação lhe dera poderes telepáticos. Saía pelos pátios da Casa Verde lendo a mente de todos os internos, dos visitantes, dos enfermeiros e até se arriscava a decifrar os pensamentos obscuros de Simão Bacamarte — embora esses ele preferisse guardar para si mesmo, considerando ser aquela uma decisão inteligente. Para os demais, dizia que a cabeça do alienista era indecifrável, e convencia a quase todos, exceto ao próprio Bacamarte, que o mantinha sob vigilância constante.

Mas a verdade é que a paciência e a devoção do alienista eram ainda mais extraordinárias do que todas as mutações catalogadas na Casa Verde, e nada menos assombrosa. Simão Bacamarte começou por organizar um pessoal de administração e, por sugestão do farmacêutico Crispim Soares, aceitou-lhe também dois sobrinhos, bem graciosos, que ficaram encarregados de andar sem camisa, enquanto distribuíam comida e roupa para os internos. Tudo isso para que o alienista pudesse se dedicar ainda mais ao seu ofício.

Assim, o nobre médico deu prosseguimento a uma vasta classificação dos mutantes infectados por vírus alienígena. Dividiu-os primeiramente em duas classes principais: os bonitos e os feios; daí passou às subclasses: o tipo de mutação, as habilidades específicas, os poderes sobre-humanos, e assim por diante.

Isso feito, começou um estudo incansável, analisava os hábitos de cada mutante, as horas em que costumavam manifestar seus poderes, as características marcantes, os pontos fracos etc. Fazia todo tipo de pergunta sobre a vida dos contaminados: profissão, costumes, circunstâncias da revelação de que eram mutantes, acidentes da infância e da juventude, existência ou não de arqui-inimigos, diâmetro da circunferência nasal, enfim, uma verdadeira devassa.

E cada dia notava uma observação nova, uma descoberta interessante, um fenômeno extraordinário. Ao mesmo tempo, estudava o melhor método de tratamento, as substâncias medicamentosas, os meios de curar e erradicar aquela epidemia alienígena, antes que fosse tarde.

Ora, todo esse trabalho consumia-lhe a maior parte do tempo. Mal dormia e mal comia — inclusive D. Evarista —, e, ainda comendo, era como se trabalhasse, porque ora interrogava um texto antigo, ora ruminava uma questão e, muitas vezes, esquecia o que estava fazendo inicialmente e passava horas montado sobre D. Evarista, sem dizer-lhe uma só palavra.

CAPÍTULO **3**

Deus sabe o que faz
(*now, show me the money*)

A ilustre dama, no fim de dois meses, achou-se a mais desgraçada das mulheres, caiu em profunda depressão, ficou magra, amarela, depois esverdeada. Suspirava a cada canto e emitia um som agudo, triste, semelhante ao de um golfinho abatido em cativeiro.

Não ousava fazer nenhuma queixa, porque respeitava seu marido — mesmo com os rumores acerca de sua masculinidade, que se intensificaram após os incidentes com o farmacêutico e o vigário —, mas sofria calada, sem ânimo e, o pior de tudo, sem nenhum apetite. Um dia, ao jantar, o marido lhe perguntou o que é que tinha e ela respondeu tristemente que nada, depois emitiu outro som agudo e foi ao ponto de dizer que se considerava tão viúva como antes. E acrescentou:

— Quem diria que meia dúzia de mutantes...

Terminou a frase e levantou os olhos ao teto — os olhos, que eram a sua feição mais insinuante — negros, grandes, lavados de uma luz úmida, como a aurora.

O alienista não se conteve:

— Mulher, você está virando um alienígena? — perguntou o grande homem, sem parecer consternado. O metal de seus olhos não deixou de ser o mesmo metal, duro, liso, eterno, nem a menor ruga veio quebrar sua testa.

— Mas do que você está falando? — replicou D. Evarista, bastante defensiva. — Que história é essa de alienígena?

— Os sintomas são notórios. Você empalideceu, esverdeou-se, seus olhos aumentaram de tamanho. Não fosse por esse seu cabelo crespo, eu poderia afirmar, sem dúvida nenhuma, estar diante de um ET.

Nervosa com as acusações, D. Evarista apenas soltou mais um de seus sons agudos, que vinham se tornando cada vez mais recorrentes.

— E esse som... — observou o alienista, ligeiramente enojado.

— Ora, Simão, não vê que eu estou sofrendo? Passo os dias sozinha dentro desta casa, não tenho companhia. Mal falo com outras pessoas. E esses mutantes! Por Deus, não aguento mais ouvir falar nesses degenerados! Especialmente aquele peludo cujo nariz se assemelha a um órgão. Sinto vergonha só de olhar aqueles desenhos que você deixa no banheiro. Aliás, por que eles estão sempre no banheiro? Eu os deixo em seu escritório e você torna a levá-los ao banheiro...

O alienista, que ouvia impassível os desabafos de D. Evarista, desestabilizou-se diante daquelas perguntas e, para evitar maiores constrangimentos, distraiu a esposa com a seguinte surpresa:

— Você devia dar um passeio no Rio de Janeiro.

D. Evarista sentiu faltar-lhe o chão debaixo dos pés. Nunca dos nuncas vira o Rio de Janeiro, que ainda que não fosse sequer uma pálida sombra do que é hoje, ainda era alguma coisa mais do que Itaguaí. Ver o Rio de Janeiro, para ela, equivalia ao sonho do hebreu cativo de voltar à Terra Prometida. Ou o sonho da classe média de ir à Disney ou de fazer compras em Nova York. Agora, principalmente, que o marido assentara de vez naquela povoação interior, agora é que ela perdera as últimas esperanças de respirar os ares daquela boa cidade; e justamente agora é que ele a convidava a realizar os seus desejos de menina e de moça.

D. Evarista não pôde dissimular o gosto de semelhante proposta. Simão Bacamarte pegou-lhe na mão e sorriu — um sorriso um tanto quanto filosófico e afetado, em que parecia traduzir-se este pensamento: "Esta mulher me faz perguntas demais porque está entediada, dou-lhe o Rio de Janeiro e consola-se." E porque era homem estudioso tomou nota da observação. E escreveu em seu bloquinho: *"the bitch is gone"*.

Mas um dardo atravessou o coração de D. Evarista. Conteve-se, limitou-se a dizer ao marido que, se ele não ia, ela não iria também, porque não havia de meter-se sozinha pelas estradas.

— Irá com sua tia — rebateu o alienista, enquanto sublinhava diversas vezes a palavra *"bitch"*.

— Oh! Mas o dinheiro que será preciso gastar! — suspirou D. Evarista, sem muita convicção.

Estudara teatro quando jovem e chegou até a estrelar algumas pequenas produções locais. Dizem as crônicas que até hoje não houve performance mais constrangedora do que a de D. Evarista em *A Noviça Rebelde*. Segundo relatos, sua versão da protagonista Maria foi tão terrível que, em certo ponto, a plateia passou a torcer pelos nazistas.

— Que importa o dinheiro? Temos muito — disse o marido. — Ainda ontem o contador passou-me o saldo. Quer ver?

E levou-a aos livros. D. Evarista ficou deslumbrada. Era uma Via Láctea de algarismos. E depois levou-a às malas, onde guardava o dinheiro.

Deus! Eram montes de euros, eram dólares sobre dólares, era a opulência.

Enquanto ela comia a fortuna com os seus olhos negros, o alienista fitava-a, e dizia-lhe ao ouvido, com a mais cruel das alusões:

— Quem diria que meia dúzia de mutantes...

D. Evarista compreendeu, sorriu e respondeu com muita resignação:

— Deus sabe o que faz!

Três meses depois, dava-se início a jornada. D. Evarista, a tia, a mulher do farmacêutico, cinco ou seis empregados e quatro serventes, tal foi a comitiva que a população viu dali sair em certa manhã do mês de maio. As despedidas foram tristes para todos, menos para o alienista. Embora as lágrimas de D. Evarista fossem abundantes e sinceras, não chegaram a abalá-lo. Homem de ciência, e só de ciência, nada o consternava e, se alguma coisa o preocupava naquela ocasião, se ele deixava correr pela multidão um olhar inquieto e policial, não era outra coisa além da ideia de que algum mutante podia achar-se ali misturado com os humanos.

— Adeus! — soluçaram enfim as damas e o farmacêutico.

E partiu a comitiva. Crispim Soares, ao voltar para casa, trazia os olhos baixos e perdidos, enquanto Simão Bacamarte alongava os seus pelo horizonte adiante. Era um contraste impossível de não se notar, o farmacêutico e o alienista. Um fitava o presente, com todas as suas lágrimas e saudades, outro vislumbrava o futuro com todas as auroras e os mutantes de narizes fálicos.

CAPÍTULO 4

Uma teoria nova e uma cadeira erótica vibratória

Ao passo que D. Evarista, em lágrimas, viajara ao Rio de Janeiro, Simão Bacamarte estudava por todos os lados uma certa ideia arrojada e nova — e tão logo terminara de montar sua própria cadeira erótica vibratória, estruturada em aço inoxidável e revestida em napa vermelha, sentou-se sobre ela e pôs-se a alargar as bases da ciência genética.

Todo o tempo que lhe sobrava dos cuidados da Casa Verde era pouco para andar na rua, ou de casa em casa, conversando com as pessoas da vila — ou *Village People*, como ele preferia chamá-las. Conversava sobre trinta mil assuntos, sobre os benefícios da *lycra* no vestuário masculino, sobre legumes sugestivos e tantas outras matérias, virgulando as falas com um olhar que metia medo aos mais heroicos.

Uma manhã — eram passadas três semanas —, estando Crispim Soares ocupado em preparar um medicamento que lhe haviam encomendado, vieram lhe dizer que o alienista o mandava chamar.

— Trata-se de negócio importante, segundo ele me disse — acrescentou o portador do recado, com um sorriso malicioso que teimava em crescer no canto da boca.

Crispim empalideceu. Que negócio importante podia ser, se não alguma nova investida por parte do alienista? Especialmente agora, que o médico havia se livrado da mulher e o caminho estava livre para o exercício pleno de todas as suas perversões enrustidas. Se o farmacêutico fosse ao encontro de Simão Bacamarte, nada no mundo iria impedi-lo de cozinhar aqueles rabanetes no jantar.

Este tópico deve ficar claramente definido, visto insistirem nele os cronistas: Crispim gostava — e muito — de mulher e, desde que perdera a virgindade em uma casa de moças honradas, nunca mais largara o vício. Assim se explica o pequeno monólogo que ele fazia agora:

— Anda, bem feito, quem mandou concordar com a viagem de Cesária? Imbecil, puxa-saco! Agora aguenta, seu babaca, idiota, otário! — berrava, enquanto enchia suas bochechas gordas de tapas, até o ponto de deixá-las marcadas.

Ao término de seu pequeno monólogo, o farmacêutico deu-se por vencido e foi à Casa Verde, não sem antes tomar alguns remedinhos de tarja preta.

Simão Bacamarte recebeu-o com a alegria própria de uma gazela no bosque, uma alegria abotoada de seriedade até o pescoço, mas que estava pronta para ser despida a qualquer momento, de preferência violentamente.

— Estou muito contente — disse ele.

— Notícias do nosso povo? — perguntou o farmacêutico com a voz trêmula.

O alienista fez um gesto magnífico e respondeu:

— Trata-se de coisa mais alta, trata-se de uma experiência científica — explicava, enquanto apoiava-se sobre sua cadeira erótica vibratória. — Digo experiência, porque não me atrevo a assegurar desde já a minha ideia, nem a ciência é outra coisa, Sr. Soares, senão uma investigação constante.

E, dito isso, ligou seu aparato na tomada, que começou a vibrar diante dos dois.

— Trata-se, portanto, de uma experiência, mas uma experiência que vai mudar a face da Terra. A genética, objeto dos meus estudos, era até agora uma ilha perdida no oceano da humanidade, começo a suspeitar que é um continente.

Terminou de falar e sentou-se na cadeira, enquanto observava a reação do pasmo farmacêutico. Depois explicou compridamente a sua ideia. No conceito dele, as mutações alienígenas abrangiam uma vasta superfície de genes, e desenvolveu a teoria com muito embasamento — de raciocínios, de textos, de exemplos. Assim, apontou com especialidade alguns personagens célebres, como Mozart, criança prodígio com habilidades e talentos inexplicáveis para um ser humano com idade tão pequena; os escravos do Egito, que supostamente construíram sozinhos as pirâmides etc.; uma enfiada de casos e pessoas, em que, na mistura, vinham entidades grotescas e patéticas, como Gary Coleman e Michael Jackson.

— Gracioso, muito gracioso! — exclamou Crispim Soares, erguendo as mãos ao céu e pedindo a Deus que o alienista não levantasse a questão dos rabanetes.

Quanto à ideia de ampliar o território das mutações alienígenas, achou-a o farmacêutico extravagante, mas a modéstia, sua principal característica —além do excesso de peso e da sudorese crônica —, não lhe permitiu manifestar outra coisa além de um nobre entusiasmo, declarou-a sublime e verdadeira e acrescentou que "valia um carro de som".

A expressão não é muito usada nos dias de hoje, mas, naquele tempo, Itaguaí não dispunha de nenhuma gráfica e só havia dois modos de se divulgar uma notícia: ou por meio de cartazes feitos à mão e pregados na porta da Câmara e da igreja, ou por meio do carro de som.

Eis em que consistia este segundo uso: contratava-se um homem, por um ou mais dias, para percorrer as ruas do povoado com um carro de som anunciando todo tipo de oferta — um remédio para gripe, uns terrenos à venda, a melhor tesoura da vila, como aumentar seu dito cujo etc. O sistema tinha inconvenientes para a paz pública, além de ser bastante constrangedor para os consumidores, especialmente aqueles interessados em aumentar os seus dito cujos, mas era conservado pela grande energia de divulgação que possuía.

Por exemplo, o presidente da Câmara — justamente o membro que mais se opusera à criação da Casa Verde e, não por acaso, dono do menor membro de Itaguaí — desfrutava a reputação de perfeito afogador de ganso, e, aliás, nunca afogara um só ganso em toda a sua vida, mas tinha o cuidado de fazer trabalhar o carro de som todos os meses. E, dizem as crônicas, que algumas mulheres afirmavam já ter visto a enorme cascavel do presidente, afirmação perfeitamente falsa, mas só devida à absoluta confiança no sistema.

Verdade, verdade é que nem todas as instituições dos velhos tempos mereciam nosso desprezo — embora os consumidores de hoje em dia provavelmente sejam gratos pela discrição dos anúncios de aumento peniano via internet.

— Melhor do que anunciar a minha ideia, é praticá-la — respondeu o alienista à insinuação do farmacêutico.

E o farmacêutico, não discordando muito desse modo de ver, disse-lhe que sim, que era melhor começar pela execução do plano.

— Sempre haverá tempo para o carro de som — concluiu.

Simão Bacamarte refletiu ainda um instante e disse:

— Supondo que a genética humana seja uma grande concha, Sr. Soares, o meu objetivo é ver se posso extrair a pérola, que é a essência da humanidade. Por outros termos, vamos demarcar de uma vez por todas os limites entre os homens e os ETs.

E como o farmacêutico não dizia nada, Bacamarte prosseguiu em sua teoria, agora com uma sobriedade arrepiante:

— O que nos torna humanos, meu bom Crispim, é o perfeito equilíbrio de todas as nossas limitações, fora disso, é tudo mutação alienígena.

O Vigário Lopes, a quem ele também confiou a nova teoria, declarou abertamente que não chegava a entendê-la, que era uma obra absurda e, se não era absurda, era de tal modo megalomaníaca que não valia a pena colocá-la em prática.

— Com a definição atual, que é a de todos os tempos — acrescentou —, o alienígena e o humano estão perfeitamente delimitados. Sabe-se onde uma acaba e onde a outra começa. Para que transpor a cerca?

Sobre o lábio fino do alienista, com uma discreta camada de *lip gloss* sabor uva, rogou a vaga sombra de uma intenção de riso, mas nenhuma palavra saiu de suas distintas entranhas, onde se escondiam sabe-se Deus quantos legumes sugestivos.

A ciência contentou-se em estender a mão à teologia — que, devido aos rumores sobre a cadeira erótica vibratória, não soube enfim se devia apertar aquela mão ou pelo menos pedir que se desse uma lavadinha antes.

Itaguaí e o Universo ficavam à beira de uma revolução. Bacamarte estava prestes a atacar.

CAPÍTULO 5

Bacamarte ataca!

Quatro dias depois, a população de Itaguaí ouviu consternada a notícia de que um certo Costa fora recolhido à Casa Verde.

— Impossível!

— Como impossível? Foi levado hoje de manhã!

— Mas ele não merecia... Ainda por cima depois de tudo que ele fez...

Costa era um dos cidadãos mais estimados de Itaguaí. Transformara quatrocentas toneladas de esterco em barras de ouro com apenas um toque, gerando uma renda que bastava, segundo seu tio economista, para viver "até o fim do mundo".

Tão logo virou milionário, passou a dividir sua fortuna em empréstimos, sem juros, um quilo de ouro a um, dois quilos a outro, uma tonelada a este, oitocentos gramas àquele, a tal ponto que, no fim de cinco anos, estava sem nada.

Mas se a miséria viesse a assustar alguém, certamente não seria o Costa, pois assim que percebeu que havia passado da opulência à pobreza, tratou de transformar mais esterco em ouro.

Com o passar do tempo, pessoas que o cumprimentavam com respeito, logo que ele aparecia no fim da rua, agora batiam-lhe no ombro com intimidade, davam-lhe petelecos no nariz, pescotapas, pedalas. E o Costa sempre muito gentil, muito risonho. Nem percebia que os menos educados eram justamente os que mais lhe deviam, ao contrário, parece que os acolhia com maior prazer.

Um dia, quando um desses incuráveis devedores lhe atirou uma grosseria e ele se riu dela, um desafeto observou, com certa malícia:

— Você suporta esse sujeito para ver se ele lhe paga.

Costa não se deteve um minuto, foi ao devedor e transformou seu relógio barato em ouro dezoito quilates.

— Não admira — retorquiu o outro. — O Costa pode transformar qualquer coisa em ouro, grande coisa fazer isso com um simples relógio.

Costa era perspicaz, entendeu que ele negava todo o merecimento ao ato, atribuindo-lhe o papel de mesquinho. Mas, como além de gentil e risonho, ele também era inventivo e extremamente lento, dois meses depois achou um meio de provar que sua generosidade não tinha limites: pegou seu cachorro de estimação, transformou-o em ouro maciço e mandou entregar na casa do devedor.

— Agora espero que o Totó... — disse em voz alta, emocionado, sem conseguir terminar a frase.

Esse último impulso do Costa persuadiu a todos, e ninguém mais pôs em dúvida os sentimentos nobres daquele digno cidadão — muito embora a atitude tenha provocado reações fervorosas por parte da Sociedade Protetora dos Animais de Itaguaí.

Após tal evento, as necessidades mais acanhadas saíram à rua e vieram bater à porta do Costa, com os seus chinelos velhos, suas capas remendadas.

— Transforme tudo em ouro — suplicavam-lhe.

Um deles, inclusive, era um reconhecido atleta itaguaiense que, inconformado com a derrota no campeonato municipal de marcha atlética, veio pedir-lhe que transformasse a medalha de prata naquela que ele realmente merecia. E assim o fez Costa.

Algo, entretanto, incomodava-o: era a ideia fixa de que possuía um desafeto, uma pessoa que não lhe queria bem. Mas isso também acabou. Três meses depois veio esta pedir-lhe que transformasse a sogra em ouro, com a promessa de que só assim aquela velha valeria alguma coisa.

Infelizmente — para o genro —, o Costa não teve tempo de atender tal pedido, pois fora levado no mesmo dia à Casa Verde.

Imagine a consternação de Itaguaí quando soube do caso. Não se falou em outra coisa, dizia-se que o Costa recebera seus poderes de alienígenas terríveis, e que se eles descobrissem o que havia sido feito de seu protegido, não descansariam até que cada habitante de Itaguaí fosse transformado em ouro.

— E depois disso, eles vão derreter tudo e usar na construção da nave-mãe — explicou um mendigo, completamente bêbado.

Muita gente correu à Casa Verde e achou o pobre Costa tranquilo, apesar de um pouco espantado, perguntando por que motivo o tinham levado àquele lugar. Alguns foram conversar com o alienista. Bacamarte aprovava esses sentimentos de estima e compaixão, mas acrescentava que a ciência era a ciência, e que ele não podia deixar na rua um mutante alquimista.

A última pessoa que intercedeu por ele — porque depois do que vou contar ninguém mais se atreveu a procurar o terrível médico — foi uma pobre senhora, prima do Costa.

O alienista disse-lhe confidencialmente que esse digno homem não estava no perfeito equilíbrio de sua genética, à vista do modo como saíra por aí transformando tudo em ouro.

— Isso, não! Isso, não! — interrompeu a boa senhora com energia. — Se ele adquiriu tais poderes, a culpa não é dele.

— Ah, não?

— Não, senhor. Eu lhe digo como o negócio se passou. Meu tio, o economista, não é mau homem, mas quando está furioso é capaz das piores atrocidades, o senhor não faz ideia. Ora, outro dia mesmo, descobriu que um empregado lhe roubara alguns quilos de carne, imagine como ficou. A cara era um pimentão, mas um pimentão verde, doutor. Todo ele tremia, a boca espumava, os músculos se inchavam, lembro-me como se fosse hoje... — ela dizia, com o olhar perdido. — Aliás, *foi* hoje. Isso se repete toda vez que ele fica nervoso. Então ele se transforma em um homem feio, cabeludo, com as mangas da camisa rasgadas. Meu tio, que Deus o salve, vira uma espécie de monstro! Foi isso, meu senhor, é essa praga que temos na família. Temos os genes ruins, entende?

Bacamarte espetara na pobre senhora um par de olhos agudos como punhais.

— Eu mesma já tentei transformar alguns artigos em ouro, mas o máximo que consegui foi banhá-los em uma fina cobertura dourada — prosseguia, sem se dar conta de que estava, ela mesma, cavando sua cova. — De todo modo, esse meu dom foi o suficiente para que eu começasse um pequeno negócio de cordões e pingentes banhados em ouro. O senhor teria interesse em dar uma olhada? Tenho certeza de que D. Evarista iria adorar minhas peças.

Pacientemente, o alienista viu, um a um, os pingentes confeccionados pela prima do Costa. Quando ela acabou, o médico estendeu-lhe a mão, educadamente e convidou-a para ir falar com o primo.

— Mas o senhor não vai comprar os pingentes?

O alienista revirou os olhos e fez que sim, vendo-se compelido a comprar pelo menos um.

— Só um, senhor? — ela questionou, com certa petulância.

Irritado, Simão Bacamarte tirou a carteira do bolso e comprou todos os pingentes daquela senhora. Em seguida, ele a levou até a Casa Verde, onde a trancou na galeria dos mutantes em família, junto com o Costa e o tio economista, que fora capturado no mesmo dia.

A notícia dessa trapaça do ilustre Bacamarte aterrorizou a população. Ninguém podia acreditar que, sem motivo ou inimizade, o alienista trancasse na Casa Verde uma senhora perfeitamente humana, que não tinha outro crime senão o de confeccionar pingentes cafonas.

Comentava-se o caso nas esquinas, nos barbeiros; criou-se rumores de um suposto romance, umas investidas que o alienista dirigira à prima do Costa em algumas ocasiões, a indignação do Costa e o desprezo da prima. E daí a vingança. Era claro.

Mas a desmunhecagem notória do alienista, a vida de estudos que ele levava e a lista de legumes sugestivos que ele mesmo escolhia na feira, pareciam desmentir tal hipótese. Histórias!

— Você, que é íntimo dele, não nos podia dizer o que houve? — perguntavam ao farmacêutico.

Crispim Soares não parecia gostar do alvoroço. Esse interrogatório de gente inquieta e curiosa, dos amigos atônitos, era para ele uma admissão pública de subserviência. Não havia dúvidas: toda a povoação sabia enfim que a mocinha do alienista era ele, Crispim, o farmacêutico, daí a corrida à drogaria.

Tudo isso se refletia em seu carão exausto, seu suor excessivo, e no tique nervoso que o levava a contrair o esfíncter, enquanto caminhava de um lado a outro da pequena loja, em silêncio. Não respondia nada; um, dois, três monossílabos, quando muito, soltos, secos, encapados em pequenas expressões faciais, constantes e miúdas, cheias de mistérios científicos, que ele não podia, de maneira alguma, desvendar a nenhuma pessoa humana, nem muito menos a um possível mutante.

"Aí tem coisa", pensavam os mais desconfiados.

Um desses curiosos, o mecânico da vila, limitou-se a pensar que havia algo suspeito no comportamento de Crispim Soares, mas deu de ombros e foi embora.

Mateus tinha negócios pessoais. Acabava de construir uma casa suntuosa. A mansão tinha tamanho suficiente para que se fizesse a maior festa já vista na história de Itaguaí, mas havia mais, a mobília — que ele mandara vir da Hungria e da Polônia, segundo contava — e que se podia ver do lado de fora, porque as janelas viviam abertas; e o jardim, que era uma obra-prima de arte e de gosto.

Esse homem, que enriquecera consertando automóveis, sempre tivera o sonho de uma casa magnífica, jardim pomposo, mobília rara. Não deixou a oficina mecânica, mas descansava do trabalho na contemplação da casa nova, a primeira da vila, mais grandiosa do que a Casa Verde, mais nobre do que a da Câmara. Entre a gente ilustre da povoação havia choro e ranger de dentes, quando se pensava, ou se falava, ou se admirava a casa do mecânico — um simples mecânico, Deus do céu!

— Lá está ele hipnotizado — diziam os transeuntes, logo cedo.

De manhã, era costume do Mateus estatelar-se no meio do jardim, com os olhos fixos na casa, maravilhado, durante uma longa hora, até que vinham chamá-lo para almoçar.

Os vizinhos, embora o cumprimentassem com certo respeito, riam-se por trás dele. Mateus era visto como uma espécie de lunático, uma figura excêntrica demais para ser levada a sério. Um conhecido senhor da vizinhança chegou a dizer, em uma roda de bar, que o Mateus seria muito mais econômico e estaria riquíssimo se começasse a consertar os seus próprios carros, comentário que, apesar de ter provocado boas risadas dos camaradas, não fazia o menor sentido.

— Agora lá está o Mateus querendo ser contemplado — diziam à tarde.

A razão deste outro dito era que, à tarde, quando as famílias saíam a passeio — jantava-se cedo em Itaguaí —, Mateus costumava ir até a janela, bem no centro, vistoso, sobre um fundo escuro, trajado de branco, bem imperioso, como se aquela vila fosse o Vaticano e ele o próprio Papa. E lá ficava duas, três horas até que anoitecia.

Pode-se concluir que a intenção de Mateus era ser admirado e invejado, ainda que ele não confessasse a nenhuma pessoa, nem ao farmacêutico, nem ao Padre Lopes, seus grandes amigos. E, entretanto, não foi outra a reação do farmacêutico quando o alienista lhe disse que o mecânico talvez padecesse do amor das pedras.

— Então o senhor acha que ele está no *crack*? — perguntou Crispim Soares, bastante alarmado.

— Não, seu tolinho — respondeu carinhosamente o alienista, dando-lhe beliscões nos mamilos, como que punindo o farmacêutico pela estupidez da pergunta. — Mateus, o mecânico, teve uma vida dura, difícil, mas que também o tornou um homem forte, rude, todo sujo de graxa.

E tendo dito isso, Bacamarte tomou alguns segundos para visualizar aquela imagem. Depois prosseguiu com seu raciocínio:

— O amor das pedras é o amor pelos bens materiais, pelas riquezas que, sendo mecânico, Mateus jamais conseguiria obter por meios humanos.

— Mas então como se explica a casa e os móveis? Dizem que vieram da Armênia ou da Ucrânia.

— Sim, sim. De fato os móveis vieram de todos esses lugares. Por uma certa razão, o mecânico tem muito apreço pela mobília do leste europeu.

— Eu desconhecia o talento dos marceneiros da Europa Oriental...

— Crispim, seu bobo — redarguiu o alienista, pronto para dar mais beliscões nos mamilos do farmacêutico, que foi ágil o bastante para impedi-lo. — Mateus, o mecânico, não escolheu os móveis do leste europeu pelo talento dos marceneiros, ele o fez pelos preços. Por ali é tudo uma bagatela, até mesmo para um reles mecânico.

— Mas e o frete? Transportar móveis da Europa até Itaguaí não deve ser nenhuma pechincha.

— Ora, ora, ora, meu bom Crispim. O ditado está certo: não se pode ser belo e inteligente ao mesmo tempo — sentenciou, dando uma boa olhada para a figura rotunda e grotesca do farmacêutico que, tão logo percebeu que estava sendo observado, iniciou seu processo de sudorese.

— Os móveis certamente vieram até Itaguaí por um outro tipo de transporte, meu caro: o *teletransporte*.

— Teletransp... — tentou repetir Crispim, pasmo com a hipótese levantada pelo alienista. — Mas como, de que maneira isso seria possível?

— A telecinesia à distância é uma habilidade mutante que eu venho estudando há algum tempo. Aquilo de contemplar a casa nada mais é do que uma maneira de se concentrar na realização do teletransporte.

— Não, senhor — acudiu vivamente Crispim Soares, já suando em bicas.

— Não?

— Há de perdoar-me, mas talvez não saiba que ele de manhã examina a obra e de tarde são os outros que o admiram, a ele e à obra. — E contou detalhes sobre a rotina do mecânico, todas as tardes, desde cedo até o cair da noite.

Uma volúpia científica iluminou os olhos de Simão Bacamarte. Ou isso ou o fato de o suor profuso de Crispim Soares provocar no alienista os instintos mais primitivos. Não conhecia todos os costumes do mecânico, ou nada mais quis, interrogando Crispim, do que confirmar alguma notícia incerta ou suspeita vaga de que seus sentimentos pelo farmacêutico seriam enfim correspondidos. E como tinha as alegrias próprias de um sábio, nada viu Crispim Soares que o fizesse suspeitar de uma intenção sinistra. Ao contrário, era de tarde e o alienista pediu-lhe o braço para irem a passeio.

Deus! Era a primeira vez que Simão Bacamarte dava ao farmacêutico tamanha investida em público, Crispim ficou trêmulo, atarantado, disse que estava tarde e precisava voltar para casa e jantar.

— Mas sua esposa está no Rio de Janeiro com D. Evarista, não há nada na sua casa para... comer — lançou Bacamarte, acariciando-lhe o braço robusto e úmido de suor.

Então o farmacêutico respirou fundo e disse que sim, que estava pronto e deu-lhe o braço. Chegaram duas ou três pessoas de fora, Crispim mandou-as mentalmente aos diabos, não só atrasavam o passeio, como podia acontecer que Bacamarte elegesse alguma delas para acompanhá-lo, e dispensasse a ele.

Que impaciência! Que aflição! Que pensamentos estranhos e confusos circundavam a mente do farmacêutico...

Enfim, saíram, abraçadinhos pelas ruas da vila de Itaguaí. O alienista guiou para os lados da casa do mecânico, viu-o à janela, passou cinco, seis vezes pela entrada, devagar, parando, examinando as atitudes, a expressão do rosto. O pobre Mateus apenas notou que era objeto da curiosidade ou admiração do célebre Simão Bacamarte e redobrou de expressão, deu outro relevo às atitudes... Triste! Triste! Não fez mais do que condenar-se, pois, no dia seguinte, foi recolhido à Casa Verde.

— A Casa Verde é um cárcere privado — disse um médico sem clínica.

— Não me preocupo com a opinião desse médico sem clínica — revidou Bacamarte. — Ele nem sequer tem uma clínica!

Mas o alienista se enganou e nunca uma opinião pegou tão rapidamente. Cárcere privado: eis o que se repetia de norte a sul e de leste a oeste de Itaguaí — exceto no centro, precisamente no meio da vila, onde todos ainda estavam em cima do muro.

É que no centro de Itaguaí havia um muro antigo, construído para separar a parte nova da parte velha da cidade, em uma época sombria envolvendo limpeza étnica dos imigrantes oriundos do Rio de Janeiro.

Por alguma razão, o povo itaguaiense nutria um ódio desmesurado pelos cariocas. E mesmo que aquela rixa tenha se amenizado com o passar dos anos, o muro nunca fora derrubado, sendo preciso passar por cima dele toda vez que se quisesse ir de um lado a outro da vila.

Enquanto isso, o medo tomava conta da população, porque durante a semana que se seguiu à captura do pobre Mateus, vinte e tantas pessoas —duas ou três de consideração — foram recolhidas à Casa Verde.

O alienista dizia que só eram admitidos os casos comprovados de mutação alienígena, mas pouca gente lhe dava crédito. Sucediam-se as versões populares. Vingança, cobiça de dinheiro, castigo de Deus, plano secreto do Rio de Janeiro com o fim de destruir Itaguaí e mil outras explicações, que não explicavam nada, tal era o produto diário da imaginação pública.

Nisso, chegou do Rio de Janeiro a esposa do alienista, a tia, a mulher de Crispim Soares, e todo o restante da comitiva — ou quase todo, visto que alguns criados fugiram ou se perderam pelas ruas molhadas da Lapa.

O alienista foi receber a esposa, com o farmacêutico, o Padre Lopes, os vereadores e vários outros magistrados. O momento em que D. Evarista pôs os olhos na pessoa do marido é considerado pelos cronistas do tempo como um dos mais sublimes da história moral dos homens. De um lado, um nobre médico, um homem da ciência, defensor da hegemonia humana sobre a raça alienígena e do outro, D. Evarista, que voltava da cidade maravilhosa com outro aspecto, reluzente e saudável, com vestido de estampa alegre, colorida. Não fosse pela eterna cara de constipação, podia-se até dizer que era atraente.

Ao ver o marido, que se dirigia sóbrio e inabalado em sua direção, D. Evarista soltou um grito histérico e atirou-se a seu amado. Balbuciou algo incompreensível, que só podia se assemelhar a algum discurso satânico de palavras ao contrário, como nos discos da Xuxa, depois teve uma leve convulsão que a fez babar um pouco sobre o paletó do alienista.

Não se podia definir melhor a cena do que compará-la a uma mistura de onça e rola. Não sei bem afirmar o porquê dessa comparação nem muito menos o critério de

52

escolha das palavras *onça* e *rola*, especialmente pelo notório teor de duplo sentido que ambas apresentam, mas assim consta nas crônicas e não seria correto da minha parte ignorar ou mesmo suprimir tal citação. De todo modo, o ilustre Bacamarte, frio como um diagnóstico, sem desengonçar por um instante a rigidez científica — e se esforçando bastante para não fazer alarde sobre a baba nojenta de D. Evarista em seu paletó novo —, estendeu os braços à esposa, que caiu neles e desmaiou.

Curto incidente, dois minutos depois D. Evarista já estava de pé, tagarela como de costume, recebendo os cumprimentos dos amigos e dos populares.

D. Evarista era a esperança de Itaguaí, contava-se com ela para acalmar os ânimos do alienista e amenizar o flagelo da Casa Verde. Daí as aclamações públicas, a imensa gente que se aglomerava nas ruas, a festa, as flores e as flâmulas penduradas nas janelas.

Com o braço apoiado no do Padre Lopes — porque o eminente Bacamarte confiara a mulher ao vigário e acompanhava-os a passo meditativo —, D. Evarista virava a cabeça a um lado e outro, chegando inclusive, para espanto do vigário, a dar uma volta completa de trezentos e sessenta graus em torno do próprio pescoço, como fazem os possuídos antes de serem exorcizados.

Mas D. Evarista ignorou os olhares de julgamento e permaneceu virando a cabeça, curiosa, inquieta, petulante. O vigário, decidindo esquecer aquela cena, começou a perguntar do Rio de Janeiro, que ele não visitava há tempos; e D. Evarista respondia entusiasmada que era a coisa mais bela que podia haver no mundo. O vigário dizia que sim, que o Rio de Janeiro devia estar agora muito mais bonito. Se já o era em outros tempos! E, aliás, quanto estava o programa agora?

— Como? — perguntou D. Evarista, confusa.

— Nada, nada — respondeu-lhe o vigário, procurando resgatar o assunto anterior. Não se admirava com os encantos do Rio de Janeiro, tanto é que foi ele mesmo um dos principais defensores da construção do muro de Itaguaí.

— Mas também não se pode dizer que nossa vila seja feia — contemporizava D. Evarista. — Possui belas casas, a casa do Mateus, a Casa Verde...

— Falando na Casa Verde — disse o Padre Lopes, escorregando habilmente para o assunto da ocasião —, a senhora vem achá-la muito cheia de gente.

— É mesmo? — ela questionou, com a cabeça virada para as costas.

— É verdade — confirmou o vigário, incomodado com aquele excesso de flexibilidade. — Seu marido andou prendendo pessoas muito estimadas...

— Mas o senhor não me diga uma coisa dessas! — D. Evarista reagiu, surpresa — embora sua expressão não pudesse ser vista pelo Padre Lopes, que conversava com a sua nuca. — Quem? Quem foi preso?

— O Costa, a prima do Costa...

— Não pode ser! — exclamou aterrorizada, e começou a girar a cabeça sem parar, como se fosse um desenho animado. — Quem mais? Quem mais?

— Várias pessoas: Fulano, Sicrano, e... — àquela altura o Padre Lopes já perdera o foco. — A senhora poderia parar de girar a cabeça? É impossível me concentrar assim!

— Tudo bem, desculpe-me — disse, tentando retornar a cabeça na posição correta.

— O Mateus também foi levado à Casa Verde...

— O mecânico?

— O mecânico. Ele e muitos outros.

— Tudo isso mutante?

— Ou quase mutante — acrescentou o padre.

— Mas então? Quer dizer que o vírus alienígena já se espalhou pela população? Trata-se de uma epidemia grave, é isso o que o senhor está me dizendo?

O vigário arqueou os cantos da boca, como quem não sabe nada ou não quer dizer tudo. D. Evarista achou realmente assustador que toda aquela gente tivesse contraído o vírus alienígena e virado mutante, um ou outro, vá, mas todos? Entretanto, custava-lhe duvidar, o marido era um sábio, não levaria ninguém à Casa Verde sem prova evidente de contaminação.

— Sem dúvida... sem dúvida... — ia pontuando o vigário.

Três horas depois, cerca de cinquenta convivas senta-vam-se em volta da mesa de Simão Bacamarte, era o jantar das boas-vindas. D. Evarista foi o assunto principal dos brindes, discursos, versos, metáforas — chegara até mesmo aos *trending topics* de Itaguaí.

Ela era a esposa do novo Hipócrates, do novo Dr. House, a musa da ciência. D. Evarista era isso, era aquilo, trazia nos olhos, segundo Crispim Soares, duas estrelas cintilantes. O alienista, por sua vez, ouvia essas coisas um tanto enciumado, pois sempre fora bastante possessivo em relação ao farmacêutico, sem mencionar que também ado-raria ter estrelas cintilantes nos olhos.

Quando muito incomodado, batia com força os punhos sobre a mesa e dizia ao ouvido de Crispim que aquela mulher horrorosa não chegava aos seus pés. D. Evarista fazia esforços para aderir à opinião do marido, mas, ainda descontando três ou quatro partes assimétri-cas do seu corpo, ela ainda podia ser considerada mais atraente que o alienista.

Em um dos brindes, por exemplo, Martim Brito, rapaz de vinte e cinco anos, fanfarrão acabado, curtido de namo-ros e aventuras, declamou um discurso em que o nasci-mento de D. Evarista era explicado pela mais singular das empreitadas.

— Deus — disse Martim Brito —, depois de dar o universo ao homem e à mulher, esse diamante e essa pérola da coroa divina. — E o orador arrastava triunfalmente a frase de uma ponta a outra da mesa: — Deus quis vencer a Deus e criou D. Evarista.

D. Evarista baixou os olhos com exemplar modéstia. Duas senhoras, achando o brinde excessivo e audacioso, interrogaram os olhos do dono da casa e, na verdade, o gesto do alienista pareceu-lhes nublado de suspeitas, de ameaças e provavelmente de sangue.

"O atrevimento foi grande", pensaram as duas damas. E uma e outra pediam a Deus que removesse qualquer episódio trágico — ou que o adiasse ao menos para o dia seguinte. Sim, que o adiasse.

Uma delas, a mais piedosa, chegou a admitir consigo mesma que D. Evarista não merecia nenhuma desconfiança, pois estava longe de ser atraente ou bonita. Uma simples água morna. Verdade é que, se todos os gostos fossem iguais, o que seria do *amarelo*?

— Você se refere aos orientais? — perguntou uma senhora à outra.

— Mirtes, eu acho que eles preferem ser chamados de asiáticos.

E enquanto as duas discutiam a questão racial, o alienista sorria e piscava o olho para Martim Brito.

Levantados todos, o alienista puxou-o para uma conversa sobre o discurso. Não lhe negou que era um improviso brilhante, cheio de arroubos magníficos. Seria dele mesmo a ideia relativa ao nascimento de D. Evarista ou ele teria encontrado em algum autor que?... Não senhor, era dele mesmo, achou-a naquela ocasião e pareceu-lhe adequada a um brinde mais épico.

Uma vez, por exemplo, compôs uma ode à Darth Vader, em que dizia ser ele o "dragão aspérrimo do Nada" esmagado pelas "garras vingadoras do Todo", e assim outras, mais ou menos fora do comum. Gostava muito de ficção científica, pois, apesar da boa aparência que exibia, Martim Brito fora um adolescente espinhento que usava aparelho ortodôntico e não pegava nenhuma mulher.

"Pobre moço!", pensou o alienista. E continuou consigo: "Trata-se de um caso de mutação camaleônica, fenômeno sem gravidade, mas digno de estudo..."

Segundo a teoria do alienista, Martim Brito era capaz de modificar sua aparência física para se camuflar e se misturar no ambiente que o cercava, passando de espinhento franzino a galã, de desajeitado a cavalheiro.

Mas é claro que aquela ode a um dos personagens de *Star Wars* o havia denunciado e três dias depois, D. Evarista ficou estupefata quando soube que Martim Brito fora alojado na Casa Verde.

— Um moço que tem ideias tão bonitas! — alegou D. Evarista, em defesa do rapaz.

— Um mutante! — redarguiu o alienista. — Lembro-me bem da última vez que o vi. Era um frangote, um

58

magricela e agora tem a audácia de aparecer na minha casa sob a forma de um deus grego?

— É porque você não o vê há dez anos! Ele não é um mutante, ele apenas cresceu e virou um homem, simplesmente um homem.

— *Simplesmente* um homem? — rebateu o médico, cheio de cinismo. — Com aquele peitoral e aqueles glúteos? Não, minha querida, aquilo não é *simplesmente* um homem, aquilo só pode ser o resultado de inúmeras mutações — e se perdeu em seu raciocínio, provavelmente por estar imaginando Martim Brito em câmera lenta, exercitando-se nu.

As duas senhoras atribuíram o ato a ciúmes do alienista. Não podia ser outra coisa, realmente a declaração do moço fora audaciosa demais. Ciúmes? Mas como explicar que, logo em seguida, fossem recolhidos José Borges do Couto Leme, pessoa estimável, o Chico das Cachaças, um mendigo que estava sempre bêbado, mas, enfim, também era super estimável, o escrivão disléxico e ainda outros?

O terror acentuou-se. Já não se sabia mais quem era mutante e quem era humano. As mulheres, quando os maridos saíam, mandavam acender uma vela a Nossa Senhora Protetora da Raça Humana, e muitos comerciantes oportunistas começaram a vender camisetas com os dizeres "100% *homo sapiens*" — embora seja possível encontrar nas crônicas diversas brincadeiras envolvendo variações na porcentagem e a omissão da palavra *sapiens*.

Brincadeiras à parte, aquilo era positivamente o terror. Quem podia, emigrava. Até mesmo para o Rio de Janeiro.

Um desses fugitivos chegou a ser preso a duzentos passos da vila. Era um rapaz de trinta anos, amável, de boa conversa, educado, mas tão educado que não cumprimentava alguém sem levar o seu boné ao chão. Na rua, chegava a correr uma distância de trinta, quarenta metros para ir apertar a mão de algum homem importante, de uma senhora, às vezes até de um menino, como acontecera a uma criança de Juiz de Fora que estava perdida dos pais.

Tinha vocação para as gentilezas. De resto, possuía boas relações na sociedade, não apenas por ser bem dotado — coisa rara em Itaguaí —, mas, principalmente, pela maneira admirável com que nunca desanimava diante de uma, duas, quatro, seis recusas, caras feias, tabefes, cusparadas etc.

O que acontecia era que, uma vez conquistando a simpatia das pessoas, elas não o deixavam mais, nunca mais, tão gracioso era o Gil Bernardes. Pois o Gil Bernardes, apesar de saber que era estimado, teve medo quando lhe disseram um dia que o alienista estava de olho nele. Na madrugada seguinte, fugiu da vila, mas foi logo apanhado e conduzido à Casa Verde, sob a alegação de que nenhum ser humano normal poderia ser assim tão educado e que o excesso de gentilezas era proveniente de uma alteração genética.

— Devemos acabar com isso! — gritou um.

— Não pode continuar! Abaixo a tirania! — gritou outro.

— Déspota! Violento! Vem, bate! — berrou o próprio Bacamarte, sem saber que os outros estavam se referindo a ele.

O terror crescia, aproximava-se a hora da rebelião. A ideia de uma petição ao governo para que Simão Bacamarte fosse capturado e deportado andou por algumas cabeças, antes que o barbeiro Porfírio a defendesse em sua loja, com grandes gestos de indignação.

Note-se — e esta é uma das laudas mais puras desta sombria história — note-se que Porfírio, desde que a Casa Verde começara a povoar-se tão extraordinariamente, viu crescerem-lhe os lucros pela aplicação assídua de sanguessugas que lhe pediam, para o tratamento dos mutantes. Mas o interesse particular, dizia ele, deve ceder ao interesse público e acrescentava: — É preciso derrubar o tirano!

Note-se mais que ele soltou esse grito justamente no dia em que Simão Bacamarte levara à Casa Verde um homem que trazia com ele uma cenoura, o Coelho.

— Ah, não! Não vão me dizer agora que o Coelho é um mutante? — bradou Porfírio.

E ninguém lhe respondia, mas todos repetiam que ele era uma pessoa muito humana, muito gente. E que, embora sua fisionomia causasse certo estranhamento, pela extrema brancura de sua pele e de seus cabelos, e também pelos olhos avermelhados, Coelho não era mutante, ele era apenas albino.

O Padre Lopes, que era inimigo do Coelho, nunca o via na rua sem que declamasse e cantarolasse este trecho:

De olhus vermelhus,
De pellus branquinhus...

Mas uns sabiam do ódio do padre, e outros pensavam que era apenas uma oração em latim.

CAPÍTULO **6**

A revolta dos temakis

Cerca de trinta pessoas ligaram para o barbeiro e marcaram um horário em sua loja para cortar o cabelo, aparar a barba, o bigode, enfim, todas essas coisas que se costuma fazer em uma barbearia. Depois disso, sentindo-se mais seguros e confiantes com sua aparência, eles redigiram e levaram uma representação à Câmara.

A Câmara, no entanto, recusou aceitá-la, declarando que a Casa Verde era uma instituição pública e que a ciência não podia ser emendada por votação administrativa, menos ainda por movimentos de rua.

— Isso é revoltante! — disse um dos revoltados, naturalmente. — Nós até cortamos o cabelo e aparamos a barba!

— Então é por isso que vocês estão todos ridículos! — concluiu o presidente, achando graça da situação. — Troquem de barbeiro, este é o conselho que lhes dou.

A irritação dos agitadores foi enorme. De fato, o Porfírio era responsável pelos piores cortes de cabelo de Itaguaí, mas era um homem carismático, vivaz e, principalmente, generoso: costumava oferecer rodadas de cerveja à clientela, de modo que acabavam todos sempre muito bêbados e pouco se importando com o resultado do corte.

O barbeiro declarou que iriam dali levantar a bandeira da rebelião e destruir a Casa Verde; que Itaguaí não podia continuar a servir de cobaia aos estudos e experiências de um tirano; que muitas pessoas estimáveis e algumas distintas, outras humildes, mas dignas de apreço, penavam nos cubículos da Casa Verde; que a ditadura científica do alienista misturava-se à ganância, visto que os supostos mutantes não eram tratados de graça: as famílias e, em falta delas, a Câmara pagavam ao alienista...

— É falso! — interrompeu o presidente.

— Falso?

— Há cerca de duas semanas recebemos este ofício do alienista — revelou, apresentando a prova.

— Isso é... papel de carta? — perguntou alguém.

— Sim, sim — respondeu o presidente da Câmara, pondo os óculos para analisar melhor. — *Hello Kitty* é o que está escrito aqui embaixo desse urso branco, não é isso? — indagou mostrando o papel de carta a alguns dos manifestantes.

— Eu acho que é um gato, senhor, ele tem bigodes — palpitou um.

— Mas ele não tem boca — constatou outro, visivelmente perturbado com o que via. — Por que, senhor?

— Eu não sei, mas é terrível — concordou o presidente, encarando perplexo o papel de carta lilás.

— É perfumado? — interrompeu um terceiro, ao que o presidente aproximou o nariz do documento e deu uma boa inalada.

— Sim, cheira a baunilha — concluiu, enquanto os rebeldes deliberavam. O assunto causou certa discórdia, pois parte do grupo se mostrou mais favorável à essência de morango. — De todo modo — prosseguiu o presidente —, o alienista nos declara por meio deste ofício que desiste da verba votada pela Câmara e também não receberá nada das famílias dos infectados pelo vírus alienígena.

A notícia de ato tão nobre e tão puro acalmou um pouco a alma dos manifestantes, e os fez deixar de lado a questão do aroma do papel de carta. O alienista podia estar cometendo um equívoco, mas nenhum interesse alheio à ciência o instigava. E para provar que o médico estava errado, era preciso mais do que agitação e desordem. Isso disse o presidente, com aplauso de toda a Câmara.

O barbeiro, depois de alguns instantes de concentração, declarou que Itaguaí não teria paz até que a Casa Verde fosse destruída — "esse Carandiru dos mutantes" — expressão que ouvira de Chico das Cachaças, o mendigo bêbado, e que ele repetiu com muita ênfase. Disse e a um sinal todos saíram com ele.

Imagine-se a situação dos vereadores; era preciso conter aquela rebelião urgentemente. E para piorar, um dos vereadores, que apoiara o presidente, ouvindo agora a denominação dada pelo barbeiro à Casa Verde "Carandiru dos mutantes", achou-a tão bem pensada que resolveu publicá-la no *Twitter*.

E quando o presidente, indignado, manifestou em termos enérgicos seu assombro diante do número de pessoas que deram *retweet*, o vereador fez esta reflexão:

— Não tenho nada a ver com a ciência, mas, se tantos seres humanos são presos como mutantes, quem nos afirma que o alienígena não é o alienista?

Sebastião Freitas, o vereador dissidente, tinha o dom da palavra e falou ainda por algum tempo, com prudência, mas com firmeza. Os colegas estavam atônitos, o presidente pediu-lhe que, ao menos, desse o exemplo da ordem e do respeito à lei e não espalhasse as suas ideias na rua. Sebastião Freitas prometeu suspender qualquer ação, pedindo apenas a redução da Casa Verde. E repetia consigo, enquanto *retuitava* para seus seguidores, "Carandiru dos mutantes!"

Entretanto, a arruaça crescia. Já não eram trinta, mas trezentas pessoas que acompanhavam o barbeiro, cujo apelido deve ser mencionado, porque ele deu o nome à revolta; chamavam-lhe de Temaki — e o movimento ficou célebre com o nome de *revolta dos Temakis*.

Mas para que se entenda a magnitude daquela rebelião e sua importância para o barbeiro, é preciso que se faça uma pequena digressão.

PEQUENA DIGRESSÃO

O que se passou foi que, aceitando o fato de que não nascera para cortar cabelos, Porfírio desistira da profissão e partira ao Rio de Janeiro, em uma tentativa desesperada de encontrar sua verdadeira vocação. Foi assim que ele descobriu a culinária japonesa.

Talento ele não possuía nenhum, era incontestavelmente o pior *sushiman* da cidade, tendo sido demitido de praticamente todos os seus empregos — exceto o último, em que o patrão morreu engasgado com um *Hot Philadelphia* mal feito, antes que pudesse gritar, com seu sotaque característico:

"Fola! Lua!"

Seus planos para alcançar a glória e o respeito de seus conterrâneos sustentavam-se apenas na crença de que em Itaguaí ninguém saberia a diferença entre um sushi bem preparado e outro horroroso, e, portanto, jamais descobririam que ele era uma fraude. Com o orgulho restituído e um horizonte repleto de novas possibilidades, o ex-barbeiro retornou a Itaguaí e abriu uma *Temakeria* — a primeira e última da vila.

Era uma tarde como outra qualquer, exceto para Porfírio, que estava radiante. Ele havia reformado toda sua loja e transformado-a em um ambiente moderno, com música *lounge* e pequenas mesas para atendimento expresso. Seria um sucesso, ele estava certo disso. E, de fato, a loja teve uma inauguração memorável. Casa cheia, todos ali reunidos para prestigiar o novo talento da culinária itaguaiense. Tudo parecia estar conspirando para o êxito absoluto da *Temakeria* de Porfírio, exceto por um detalhe: ninguém ali sabia o que era um *temaki*. E quando os clientes se depararam com um cone de alga marinha recheado com um arroz azedo e peixe cru, não demorou muito para que o primeiro se manifestasse:

— Mas que merda é essa?

E foi assim que a clientela abandonou o recinto, levando consigo os sonhos e as esperanças de Porfírio, que, desde então, também atendia pela alcunha de Temaki.

FIM DA DIGRESSÃO

Por razões óbvias, o barbeiro detestava tal apelido, que o fazia lembrar aquele fatídico dia, junto com aquela fatídica frase, desaforada, "mas que merda é essa?"

Pois foi só naquele momento, diante de centenas de seguidores que bradavam energéticos:

— Temaki! Temaki!

Foi só então que Porfírio finalmente aceitou seu destino e vociferou:

— Eu sou o Temaki! — Como quem grita *"This is Sparta!"*, enquanto o povo reagia alvoroçado.

D. Evarista soube da rebelião antes que ela chegasse. Um menino, filho de uma de suas empregadas, veio dar-lhe o recado. Ela provava nessa ocasião um vestido de seda — um dos trinta e sete que trouxera do Rio de Janeiro — e não quis acreditar.

— Deve ser uma dessas festas de carnaval fora de época ou a parada gay, pouco me importa — dizia ela, mudando a posição de um alfinete. — Benedita, vê se a barra está boa.

— Está, sinhá — respondia a empregada, de cócoras no chão —, está boa. Sinhá vira um bocadinho. Assim. Está muito boa.

Note-se que apesar da escravidão ter sido abolida há mais de um século, as únicas novelas que chegavam a Itaguaí eram de época e se passavam antes da Lei Áurea. Sendo assim, era comum que as empregadas se referissem às suas patroas como *sinhá*, ou, às vezes, apenas *nhá*, o que causava a impressão equivocada de que ela estava sendo dengosa. *Nhá*.

— Não é parada gay, não, senhora. Eles estão gritando: Morra o Dr. Bacamarte! Morra o tirano! — dizia o moleque assustado.

— Cala a boca, tolo! Benedita, olha aí do lado esquerdo, não parece que a costura está um pouco enviesada? A risca azul não segue até abaixo, está muito feio assim, é preciso descosturar para ficar igualzinho e...

— Morra o Dr. Bacamarte! Morra o tirano! — uivaram de fora trezentas vozes. Era a rebelião que desembocava na Rua Nova.

D. Evarista ficou sem uma gota de sangue. No primeiro instante não deu um passo, não fez um gesto, o terror petrificou-a. A mucama, digo, a empregada, correu instintivamente para a porta dos fundos, carregando o moleque, que teve um instante de triunfo ao ver que a realidade vinha provar que estava certo. E, feliz da vida, mostrou-lhe a D. Evarista os dois dedos do meio.

— Morra o alienista! — bradavam as vozes mais perto.

D. Evarista, que em outras circunstâncias já teria sofrido convulsões e babado em cima de Benedita, soube controlar-se diante de um momento de perigo. Não desmaiou, correu ao escritório onde o marido estudava.

Quando ela ali entrou, precipitada, o ilustre médico analisava alguns catálogos masculinos da Calvin Klein. Os olhos dele, pensativos, subiam do livro ao teto e baixavam do teto ao livro, cegos para a realidade exterior.

D. Evarista chamou pelo marido duas vezes, sem que ele lhe desse atenção; ao terceiro chamado, ele ouviu e perguntou-lhe o que tinha, se estava doente.

— Você não ouve esses gritos? — perguntou a digna esposa em lágrimas.

O alienista escutou então; os gritos aproximavam-se, terríveis, ameaçadores; ele compreendeu tudo. Levantou-se da poltrona, juntou os catálogos e, a passo firme e tranquilo, foi guardá-los na gaveta. Depois disse à mulher que voltasse para o quarto, que não fizesse nada.

— Não, não — implorava —, quero morrer ao lado de você...

— "Quero morrer ao lado de você"? — repetiu, achando graça. — O que é isso, uma letra de pagode?

Simão Bacamarte teimou em ridicularizar a demonstração de amor da infeliz dama, que curvou a cabeça, chorosa, e voltou correndo para o quarto, onde se jogou na cama e abraçou seus trinta e sete vestidos de seda.

— Abaixo a Casa Verde! — bradavam os Temakis.

O alienista caminhou para a varanda e chegou ali no momento em que a rebelião também chegava e parava, frente a frente, com as suas trezentas cabeças ocas, prontas para serem manipuladas pela mente ardilosa do médico.

— Morra! Morra! — bradaram de todos os lados, assim que o vulto do alienista surgiu na varanda.

Simão Bacamarte fez um sinal pedindo para falar, mas os revoltosos cobriram-lhe a voz com os gritos de indignação. Então, o barbeiro agitando o braço, a fim de impor silêncio, conseguiu aquietar os amigos e declarou ao alienista que este podia falar, mas acrescentou que não abusasse da paciência do povo como fizera até então.

— Direi pouco, ou até não direi nada, se for preciso. Desejo saber primeiro o que vocês pedem.

— Não pedimos nada — replicou o barbeiro, enérgico —, ordenamos que a Casa Verde seja demolida, ou pelo menos que sejam libertados os infelizes que lá estão.

— Não entendo.

— Entende muito bem, tirano safado, queremos dar liberdade às vítimas do seu ódio e da sua ganância!

O alienista sorriu, mas o sorriso desse grande homem não era coisa visível aos olhos da multidão, era uma contração leve de dois ou três músculos, não necessariamente faciais. Sorriu e respondeu:

— Meus senhores, a ciência é coisa séria e merece ser tratada com seriedade. Não dou satisfação dos meus atos de alienista a ninguém. Se vocês querem fazer uma emenda constitucional à administração da Casa Verde, vão em frente, mas, se exigem que eu negue a mim mesmo, estão perdendo seu tempo. Poderia convidar alguns de vocês para vir ver comigo os mutantes reclusos, mas não o faço porque seria dar-lhes satisfação do meu sistema, o que não farei nem a leigos nem a rebeldes.

Disse isso o alienista e a multidão ficou atônita, era claro que não esperava tanta energia e menos ainda tamanha serenidade. Mas o assombro cresceu a tal ponto que, quando o alienista deu as costas e voltou para sua sala, o barbeiro chamou a todos para a demolição da Casa Verde e poucas vozes frouxas lhe responderam.

Foi nesse momento decisivo que o barbeiro sentiu despontar em si a ambição do governo, pareceu-lhe então que, demolindo a Casa Verde e destruindo a influência do alienista, chegaria a apoderar-se da Câmara, dominar as demais autoridades e transformar-se no senhor de Itaguaí. Seria sua redenção por toda uma vida inglória, e a ocasião era agora ou nunca. Além disso, fora tão longe na rebelião que a derrota acarretaria em sua prisão ou talvez pior, poderia ser declarado mutante e levado à mesma instituição que lutava para destruir.

Infelizmente a resposta do alienista diminuíra a fúria dos Temakis. O barbeiro, logo que o percebeu, sentiu um impulso de indignação infantil e quis gritar: "Vão embora, eu odeio vocês!", mas conteve-se e rompeu deste modo:

— Meus amigos, lutemos até o fim! A salvação de Itaguaí está em nossas mãos dignas e heroicas. Vamos destruir o cárcere de nossos filhos e pais, de nossas mães e irmãs, de nossos parentes e amigos, e de nós mesmos.

E a multidão agitou-se, murmurou, bradou, ameaçou, reuniu-se toda ao redor do barbeiro. Era a revolta que voltava a si depois de um breve lapso e agora ameaçava arrasar a Casa Verde.

— Vamos arrasar a Casa Verde! — bradou um dos Temakis, esperando ser apoiado, fato que não ocorreu.

— Companheiro, esta não é a hora de ser bicha — repreendeu Porfírio que, sem mais delongas, ordenou: — Ao ataque! — E todos seguiram seu comando.

Deteve-os um incidente: era um corpo de dragões mutantes que vinha da Lua Nova.

CAPÍTULO 7

Os inesperados dragões mutantes da lua nova

Quando os dragões surgiram sob o céu de Itaguaí, houve um instante de estupefação. Todos sabiam da existência dos guardiões da Lua Nova, que era uma das alas da Casa Verde, dedicada às mutações de origens medievais, mas os Temakis não queriam crer que a força mutante pudesse ser mandada contra eles.

O barbeiro, no entanto, compreendeu tudo e esperou. Os dragões pousaram, eram cinco deles, enormes, escamosos, com garras e chifres amedrontadores, vertendo fogo por entre os dentes afiados. O dragão líder ordenou à multidão que se dispersasse, mas, ainda que uma parte dela estivesse inclinada a sair correndo como um bando de donzelas, a outra parte apoiou fortemente o barbeiro, cuja resposta consistiu nestes termos:

— Não nos dispersaremos. Se esses dragões querem nos engolir vivos, incinerar nossa carne e deglutir nossas vísceras, que o façam — e enquanto falava, os rebeldes iam se retirando discretamente — Não levarão a nossa honra nem o nosso crédito...

— Quanto ao crédito, senhor — interrompeu um dos Temakis —, eu preciso dizer que devo dinheiro a um dos dragões.

— Qual deles? — inquiriu o barbeiro.

— O vermelho.

— O vermelho claro ou aquele outro mais escuro?

— O claro. O mais escuro não é vermelho, senhor, é bordô — corrigiu, deixando Porfírio um pouco impaciente.

— Quanto? — Quis saber o barbeiro.

— Perdão? — perguntou o outro, sem entender.

— Quanto você deve ao dragão, seu idiota?

— Cinquenta unidades monetárias, senhor.

— Cinquenta o quê?

— Unidades monetárias, senhor — respondeu, ao que o barbeiro pegou sua carteira do bolso e retirou algumas notas.

— Bom, eu só tenho trinta, será que ofereço a ele um corte de cabelo? — cogitou, rindo, ao que o dragão soltou um jato de fogo em protesto. — Está bem, eu entendi. Será que alguém pode completar os cinquenta, então?

Nada mais imprudente do que esse pedido do barbeiro, e nada mais natural que a reação por ele provocada. Bastou que se falasse em dinheiro que a agitação do povo deu lugar ao silêncio absoluto, preenchido por alguns assobios, coçadas de cabeça e olhares desviados. Era a vertigem das grandes crises.

— Vamos lá, minha gente. Vamos contribuir! Pensem na nossa honra!

E dito isso, foi coletando moedas até atingir o valor que restava para saldar a dívida com os dragões.

— E agora? — questionou outro.

— E agora o quê? — retorquiu o barbeiro, visivelmente irritado.

— O que nós fazemos?

— Eu lhe digo o que fazemos, nós fazemos o que eu mandar.

E após um considerável período de silêncio, o correligionário voltou a perguntar:

— E o que o senhor vai mandar?

— O quê, você acha que eu não tenho um plano? Você acha que eu comecei essa revolta do nada e agora não tenho a menor ideia do que fazer? Que eu já urinei nas calças duas vezes, na verdade estou urinando a terceira neste exato momento, e tudo o que eu queria era me esconder, deitar em posição fetal e repetir "eu sou uma sementinha"? É isso que você está insinuando?

— Não, senhor — respondeu o homem, um tanto perturbado, enquanto Porfírio virava de costas.

— Eu sou uma sementinha, eu sou uma sementinha — sussurrou o barbeiro.

— O senhor disse alguma coisa?

— Sim, sim, eu disse. Eu disse que você é um chato. Sua chatice está estragando o momento. Satisfeito? Quando eu for chamado para escrever sobre este dia, eu vou dizer: "teria sido melhor, se não fosse por aquele chato".

Segundo as crônicas de Itaguaí, a lavadeira do barbeiro jamais confirmou se ele realmente havia urinado três vezes em suas calças. Talvez Porfírio desconfiasse que os dragões da independência fossem de fato independentes, e que pudessem, portanto, tomar suas próprias decisões. Mas a desconfiança foi logo dissipada pelo líder dos dragões, que gritou:

— Fogo! — o que, em se tratando de dragões, era uma ordem literal.

O momento foi indescritível. A multidão urrou furiosa, muitos tentaram fugir, alguns trepando nas janelas das casas, outros trepando dentro das casas, ou correndo pela rua afora. O fogo se alastrava por todas as partes, era o próprio inferno.

A derrota dos Temakis estava iminente quando dois dos cinco dragões — qualquer que fosse o motivo, as crônicas não o declaram —, passaram subitamente para o lado da rebelião. Esse inesperado reforço deu alma aos Temakis, ao mesmo tempo em que lançou o desânimo aos três dragões restantes. Os mutantes fiéis não tiveram coragem de atacar os seus próprios camaradas e, um a um, foram se rendendo aos rebeldes, de modo que, ao cabo de alguns minutos, o aspecto das coisas era totalmente outro.

A revolução triunfante não perdeu um só minuto, recolheu os feridos e os queimados às casas próximas e seguiu para a Câmara. Povo e dragões mutantes comemoravam a vitória do movimento pelo fim da Casa Verde e davam vivas ao "ilustre Porfírio". Este ia à frente, orgulhoso, apesar das calças urinadas. A dignidade de governante começava a enrijecer-lhe os quadris e outras partes do corpo capazes de endurecer, como o pescoço e os ombros.

Os vereadores, acompanhando a movimentação pela janela, viram a multidão junto aos dragões e concluíram que a tropa havia capturado os rebeldes e, sem pensar duas vezes, entraram e votaram uma petição para que fosse dado um bônus aos corajosos dragões.

Mas bem depressa a ilusão se desfez. Os gritos de "viva" ao barbeiro e de "morra" aos vereadores e ao alienista vieram informar-lhes da triste realidade. O presidente não desanimou:

— Qualquer que seja a nossa sorte, devemos nos lembrar que estamos a serviço secreto de Sua Majestade — disse ele, que era fã incondicional de James Bond.

Sebastião Freitas, o vereador dissidente, insinuou que o melhor que se poderia fazer naquele momento era sair pelos fundos e fugir para Juiz de Fora, mas toda a Câmara rejeitou a proposta.

E, em pouco tempo, o barbeiro, acompanhado de alguns militantes, entrava na sala dos vereadores e intimava à Câmara a sua queda.

— A Câmara está morta — decretou Porfírio, fazendo sinal para que os vereadores se agachassem. Pressionados pelos Temakis, eles obedeceram. — Agora a Câmara está viva! — retificou-se, pedindo para que todos se levantassem. Os vereadores seguiram o comando do barbeiro, sem entender. — E está morta de novo! — bradou. — Viva! Morta! Viva! Morta! — comandava, enquanto eles agachavam-se e levantavam-se sem parar. — Viva... — e deu uma pequena pausa. — Viva! — repetiu, mas alguns vereadores ficaram confusos e agacharam-se. — Ah, enganei vocês! — concluiu, pondo fim à brincadeira.

A Câmara não resistiu, entregou-se e foi dali para a cadeia. Então, os amigos do barbeiro propuseram-lhe que assumisse o governo da vila em nome de Sua Majestade, tal como James Bond. Porfírio aceitou o encargo, para o tormento do presidente deposto, que chegou a pedir em sua cela um Martini batido, não mexido, mas foi ignorado.

O barbeiro foi até a janela e comunicou as novas resoluções, que o povo aprovou, com muitos aplausos. Porfírio passou a ser chamado de "Protetor da vila em nome de Sua Majestade", denominação escolhida como um insulto ao presidente deposto, mas que também era muito mais lisonjeira do que a anterior, "Temaki", que lhe trazia todo tipo de recordação ruim.

Mal assumira o poder, Porfírio mandou expedir várias ordens importantes, comunicados oficiais do novo governo e uma exposição minuciosa ao prefeito, com muitos protestos sobre a situação alarmante em que se encontrava a vila de Itaguaí.

Até que, finalmente, o barbeiro mandou divulgar a seguinte proclamação ao povo, curta, mas enérgica:

~~Itaguaiensses!~~
~~Itaguaienças!~~
Itaguaienses (?)

Uma Câmara corrupta e violenta conspirava contra os *intereçes* do povo. Agora, um punhado de cidadãos, apoiados pelos bravos dragões mutantes da Lua Nova, acaba de *diçolvê-la* umilhantemente, e por unânime *consenço* da vila, foi-me confiado o poder supremo. *Itaguaienses! Não pesso nada além de sua* confianssa, *e que me ausciliem na restaurassão da paz e dos cofres públicos, que foram deva-*

çados pela Câmara. ~~Senhor, as prostitutas chegaram. Não,~~ ~~senhor, eu só estava avisando, não é para escrever isso não.~~ Contem com o meu sacrifícil, e fiquem sertos de que tudo acabará bem. Ou não.

Porfírio Caetano das Neves
O Protetor da Vila a serviço secreto de Sua Majestade.

Toda a gente reparou no absoluto silêncio dessa proclamação acerca da Casa Verde e, segundo alguns, não podia haver mais vivo indício dos projetos tenebrosos do barbeiro. O perigo era tanto que, no meio de toda essa confusão, o alienista metera na Casa Verde umas sete ou oito pessoas, entre elas duas senhoras e um homem, parente do "Protetor". Não era um ato intencional, mas todos o interpretaram dessa maneira e a vila respirou com a esperança de que, dentro de vinte e quatro horas, a Casa Verde seria destruída e o alienista veria o sol nascer quadrado.

O dia acabou alegremente. Enquanto o carro de som ia recitando de esquina em esquina a proclamação, o povo espalhava-se nas ruas e jurava morrer em defesa do ilustre Porfírio. Poucos gritos contra a Casa Verde, prova de confiança na ação do governo.

Satisfeito, o barbeiro fez expedir um ato declarando feriado aquele dia, e deu início às negociações com o vigário para a celebração de uma missa, tão conveniente era aos olhos dele a conjunção do governo com a igreja, mas o Padre Lopes recusou abertamente a oferta.

— Em todo caso, posso ficar tranquilo que o senhor não se alistará entre os inimigos do governo, não é? — perguntou-lhe o barbeiro, dando à sua fisionomia um aspecto tenebroso.

Ao que o Padre Lopes respondeu, tentando conter o sarcasmo:

— Como eu poderia fazer isso, se o novo governo não tem inimigos?

O barbeiro sorriu, era a pura verdade. Salvo o presidente deposto, os vereadores e alguns figurões da vila, toda a gente o aclamava. Mesmo os figurões, se não o aclamavam, também não tinham nada contra ele. Nenhum deles deixou de acatar suas ordens. No geral, as famílias abençoavam o nome daquele que ia enfim libertar Itaguaí da Casa Verde e do terrível Simão Bacamarte.

CAPÍTULO 8

A neurose histérica do farmacêutico (*Ou: uma nova vida no mundo subterrâneo*)

Vinte e quatro horas depois dos sucessos narrados no capítulo anterior, o barbeiro saiu da Câmara e dirigiu-se à residência de Simão Bacamarte. Não ignorava o fato de que era mais digno ao governo mandar uma intimação, mas o receio de que o alienista não obedecesse obrigou-o a tomar uma atitude mais extrema.

O terror do farmacêutico ao ouvir dizer que o barbeiro ia à casa do alienista é difícil de descrever. "Vai prendê-lo", pensou ele. E suas angústias aumentaram. De fato, a tortura moral de Crispim Soares naqueles dias de revolução excede minhas habilidades de narradora. Nunca um homem se achou em mais apertado lance: fora preciso encolher a barriga e segurar a respiração por alguns segundos para que suas calças entrassem, pois as angústias lhe aumentavam o apetite e, por conseguinte, as medidas.

A simples noticia da rebelião já fora o suficiente para que o farmacêutico desenvolvesse um quadro de neurose histérica. Certo dia, Crispim Soares decidira vestir-se com as roupas da esposa e preparar o café da manhã. Ao acordar e sentir o cheiro dos ovos fritando na manteiga, D. Cesária desceu as escadas em direção à cozinha e se deparou com uma cena inusitada, para não dizer aterrorizante: o farmacêutico falava e agia como a mãe, falecida há poucos anos.

— Sente-se, querida, pode deixar que eu cuido de tudo, eu cuido de tudo — repetia, enquanto refazia o nó do avental. — Não é um dia maravilhoso?

Assustada e confusa, D. Cesária afastou-se do marido, travestido de sogra — uma mulher superprotetora e desequilibrada, que fizera de sua vida um inferno desde que começara a namorar Crispim.

— Onde você está indo, Cesária? Você não vai me deixar, vai? — perguntou o farmacêutico, com a entonação e os trejeitos idênticos aos de sua mãe.

Após esse episódio, uma série de outros se sucederam. Certa vez D. Cesária voltou do mercado e encontrou o marido completamente nu, cavando um buraco enorme no quintal.

— Não se preocupe, querida, eu já tenho tudo planejado. Nós vamos começar uma nova vida no mundo subterrâneo.

Ela, que era uma senhora máscula e bastante forte, pegou-lhe por uma das orelhas e levou-o até o quarto, onde disse que já bastava daquela maluquice toda. Como era amiga particular de D. Evarista, disse ao marido que o lugar dele era ao lado de Simão Bacamarte — embora, no fundo, admitisse que não, que a causa do alienista estava perdida, e que ninguém em sã consciência se amarra a um navio prestes a naufragar.

Em seus momentos de lucidez, Crispim Soares buscou toda sorte de soluções para aquele dilema e, em um instante desespero, chegou a reconsiderar a ideia do mundo subterrâneo, mas, por fim, concluiu que não havia outra saída senão adoecer. Então, declarou-se doente e meteu-se na cama.

— Lá vai o Porfírio à casa do Dr. Bacamarte — disse-lhe a mulher no dia seguinte, à cabeceira da cama —, vai acompanhado de gente.

"Vai prendê-lo", pensou Crispim.

Uma ideia levou à outra e o farmacêutico imaginou que, uma vez preso o alienista, viriam também buscá-lo como cúmplice. Essa ideia foi o melhor dos remédios. Crispim Soares levantou-se, disse que estava bom, que ia sair e, apesar de todos os esforços e protestos da esposa, vestiu-se e saiu.

Os velhos cronistas são unânimes em dizer que a certeza de que o marido sairia em defesa do alienista foi o que consolou a mulher do farmacêutico e notam, com muita perspicácia, o imenso poder moral de uma ilusão visto, que o farmacêutico caminhou determinado em direção à Câmara, e não à casa do alienista.

Ali chegando, mostrou-se admirado de não ver o barbeiro, a quem pretendia puxar bastante o saco — o que não fizera antes por estar de cama, naturalmente. — E disse isso forçando uma tosse.

Os altos funcionários que ouviam tal declaração e que sabiam da intimidade do farmacêutico com o alienista compreenderam toda a importância daquela nova adesão e trataram a Crispim Soares com muito carinho, fazendo-lhe cafunés na cabeleira rala e dando-lhe tapinhas amigáveis nas bochechas, dizendo que tomara a decisão certa.

Deram-lhe cadeira, refrescos, um ou dois copos de [espaço para anunciante], fatias de [espaço para anunciante]. Fizeram-lhe elogios, perguntaram-lhe se havia emagrecido, pois estava mais esbelto, mais galante, e tudo isso enquanto ele devorava mais alguns pacotes de [espaço para anunciante].

Ao término do saboroso lanche, disseram-lhe que a causa do ilustre Porfírio era a de todos os patriotas, ao que o farmacêutico ia repetindo que sim, que nunca pensara outra coisa e que era isso mesmo iria declarar no seu *status* do *Facebook*.

CAPÍTULO 9

Dois lindos casos e um pequeno monólogo

O alienista não demorou a receber o barbeiro em sua casa, mas causou uma certa comoção ao abrir a porta vestindo apenas um robe de seda verde musgo com tema floral.

— Seda chinesa — disse o alienista, alisando o material. — Querem tocar? — perguntou, ao que todos disseram que não, constrangidos.

Decepcionado, porém esperançoso, Simão Bacamarte convidou os rapazes para entrar e os levou até seu escritório.

— Sentem-se, por favor.

O barbeiro e seus companheiros olharam em volta e não viram nenhum móvel além da bela mesa em mogno trabalhado e a cadeira erótica vibratória, que na ocasião encontrava-se desligada. Havia, entretanto, alguns artigos decorativos, todos eles de natureza fálica, como a escultura em pedra sabão de quase dois metros de altura por cinquenta centímetros de diâmetro em um dos cantos do escritório.

Em vista das circunstâncias, os cavalheiros preferiram permanecer em pé.

— Não é preciso fazer cerimônia, por favor. *Mi casa es su casa* — insistiu o médico, enquanto abria uma caixa de charutos cubanos.

— O que foi isso que ele disse? — perguntou em voz baixa um dos rapazes.

— É latim, seu grande pedaço de estrume — respondeu o barbeiro, como que o repreendendo pela ignorância.

Depois, respirou fundo e permaneceu em silêncio, observando a extensa biblioteca que ocupava as paredes do escritório, de modo quase opressivo.

— É uma bela coleção, Dr. Bacamarte. O senhor já leu todos esses livros?

— Não, nem todos. Alguns eu uso para espancar D. Evarista — respondeu, provocando algumas risadas, especialmente por parte do barbeiro.

— Estão vendo, rapazes? Este homem não é assim tão diferente de nós — declarou Porfírio, dando-lhe tapinhas no ombro e servindo-se de um dos charutos. — Bem, Dr. Bacamarte. O senhor sabe por que estamos aqui?

— Creio que sim — disse Bacamarte, aproximando-se do barbeiro para acender seu charuto. — Mas eu lhe declaro, Sr. Porfírio, que eu não tenho meios de resistir — sussurrou, bem de perto. — Eu estou pronto para obedecer.

— O alienista engana-se — disse o barbeiro, afastando-se, depois de alguma pausa—, engana-se em atribuir ao governo esse tipo de intenção. A questão, Dr. Bacamarte, é que estando ou não certa, a opinião pública é unânime. As pessoas acreditam que os mutantes da Casa Verde são quase todos perfeitamente humanos.

— Eu não afirmaria isso — comentou o alienista.

— O governo reconhece que a questão é puramente científica e não pretende resolver o assunto com vandalismo. O que eu venho propor é um meio-termo, uma forma de manter a Casa Verde e restituir o sossego ao espírito público.

O alienista mal podia dissimular o assombro, confessou que esperava outra coisa, a destruição da Casa Verde, a prisão dele, tudo, menos...

— Não se espante, Dr. Bacamarte — interrompeu o barbeiro. — A revolução de ontem derrubou uma Câmara corrupta e, sim, é verdade, exigiu o arrasamento da Casa Verde. Posso servir-me de um uísque? — perguntou, e o alienista não se opôs. — Mas, veja bem, meu caro Simão.

Posso chamar-lhe de Simão? Enfim, Simão, será que o governo pode eliminar o vírus alienígena de Itaguaí? Não. E se o governo não pode eliminar a epidemia, está ao menos apto a discriminá-la, reconhecê-la? Também não. Logo, no que se refere ao controle dos mutantes, o governo não pode e não quer dispensar a sua ajuda. Tudo o que temos de fazer é dar alguma satisfação ao povo — concluiu, virando o copo de uísque e batendo com ele sobre a mesa. — Eu proponho uma união, Dr. Bacamarte. Se nos unirmos, o povo saberá obedecer.

— E o que você espera que eu faça? — questionou o alienista.

— Uma sugestão seria retirar da Casa Verde aqueles mutantes que não forem considerados uma ameaça aos cidadãos. Como aquele rapaz peludo com o nariz fálico.

— Não! — interveio o alienista. — Esse não!

— Indique outro então, que seja. O importante é mostrar alguma tolerância e boa vontade — explicou, enquanto percorria com as mãos alguns dos títulos da biblioteca. — *Memórias Póstumas de Brás Cubas*? — leu em voz alta e virou-se para o médico. — É de terror?

— Para o senhor, certamente.

O barbeiro deu de ombros. Achava a literatura nacional uma bela porcaria.

— Quantos mortos e feridos houve ontem no conflito? — perguntou Simão Bacamarte depois de três minutos de um desconfortável silêncio.

O barbeiro ficou espantado com a pergunta, mas responden logo que onze mortos e vinte e cinco feridos.

— Onze mortos e vinte e cinco feridos! — repetiu duas ou três vezes o alienista.

E, em seguida, declarou que a proposta não lhe parecia boa, mas que ele pensaria em alguma outra e dentro de poucos dias lhe daria a resposta. E fez-lhe várias perguntas sobre a revolução da véspera, ataque, defesa, adesão dos dragões, resistência da Câmara etc., ao que o barbeiro ia respondendo com grande abundância de detalhes, enquanto enchia seu copo de uísque importado.

O barbeiro confessou que o novo governo não tinha ainda a confiança de pessoas influentes da vila, mas o alienista podia fazer muito nesse ponto. O governo, concluiu o barbeiro, ficaria mais tranquilo se pudesse contar não apenas com a simpatia, mas também com a benevolência do mais alto espírito de Itaguaí.

Mas nada disso alterava a nobre e austera fisionomia daquele grande homem, que ouvia calado, com seu robe de seda e seu charuto cubano, mas impassível como um deus de pedra, pedra sabão, tal qual sua bela escultura fálica.

— Onze mortos e vinte e cinco feridos — repetiu o alienista depois de acompanhar o barbeiro e os rapazes até a porta, pois estava na hora do seu pequeno monólogo.

PEQUENO MONÓLOGO DO ALIENISTA:

— Eis aí dois lindos casos de mutação cerebral — explicou Bacamarte, como se estivesse diante de uma plateia. — Os sintomas de duplicidade e descaramento desse barbeiro são positivos. Quanto à estupidez dos que o aclamaram, não é preciso outra prova além dos onze mortos e vinte e cinco feridos. Dois lindos casos!

FIM DO MONÓLOGO.

— Viva o ilustre Porfírio! — gritaram umas trinta pessoas que aguardavam o barbeiro à porta.

O alienista espiou pela janela e ainda ouviu este resto de uma pequena fala do barbeiro às trinta pessoas que o aclamavam:

— ... porque eu velo, podem estar certos disso, eu velo pela execução das vontades do povo — declarou, completamente bêbado, abraçado ao Chico das Cachaças. — Podem confiar em mim e tudo será feito da melhor maneira. — E, em seguida, curvou-se para vomitar.

— Viva o ilustre Porfírio! — bradaram as trinta vozes, entre aplausos.

— Dois lindos casos! — murmurou o alienista, que finalmente viu-se livre do robe e pôs-se a perambular nu pela casa.

CAPÍTULO 10

A restauração e os emissários do alienista

Em cinco dias, o alienista meteu na Casa Verde cerca de cinquenta Temakis. O povo indignou-se. O governo, atônito, não sabia como reagir. João Pina, outro barbeiro e arqui-inimigo de Porfírio, dizia abertamente nas ruas que o suposto Protetor de Itaguaí estava "vendido ao uísque e aos charutos de Simão Bacamarte", frase que reuniu em torno de João Pina a gente mais influente da vila.

Porfírio, vendo o antigo rival das tesouras à frente de uma nova rebelião, compreendeu que se não tomasse uma atitude depressa perderia tudo o que havia conquistado:

95

seu cargo, seus privilégios, seu uísque. Tratou logo de expedir dois decretos, um fechando a Casa Verde, outro afastando o alienista do comando daquela instituição.

João Pina considerou o ato de Porfírio um simples paliativo, uma fachada para esconder do povo suas verdadeiras e obscuras intenções. Duas horas depois, caía Porfírio, bêbado, na calçada em frente à antiga Câmara, vestindo apenas um robe de seda.

Após o incidente, João Pina assumia a difícil tarefa do governo e, ao vasculhar as gavetas de Porfírio e encontrar as minutas da proclamação junto aos relatos da revolução anterior e um exemplar do livro *Government for Dummies*, não perdeu tempo. Mandou expedir os mesmíssimos documentos, mudando apenas os nomes: onde aparecia Porfírio, seria colocado João Pina e o termo "Câmara corrupta" seria trocado por "vagabundo bêbado e incompetente".

Nesse momento, entrou na vila uma força comandada por Simão Bacamarte, eram os chamados *emissários do alienista*, um grupo de mutantes escolhidos a dedo para restabelecer a ordem em Itaguaí. Eram seis deles, com poderes tão extraordinários que os tornavam praticamente deuses. Sua lista de habilidades incluía a invisibilidade, a levitação e a capacidade de reorganizar seus genes de modo a se transformar em qualquer pessoa que desejassem.

Com a proteção de seus emissários, o alienista passou a fazer uma série de exigências, dentre elas, a entrega do barbeiro Porfírio e a de uns cinquenta e tantos indivíduos que declarou serem mutantes mentecaptos. A colaboração do novo governo foi imediata e não só lhe deram esses como os obrigaram a brincar de morto-vivo durante doze horas seguidas.

Esse ponto da crise de Itaguaí marca também o grau máximo da influência de Simão Bacamarte. Todas as suas exigências foram prontamente atendidas e uma das maiores provas do poder do ilustre médico está na prontidão com que a Câmara, restituída, consentiu que Sebastião Freitas, o vereador dissidente, também fosse recolhido à Casa Verde, acusado de infestação viral no cérebro.

A mesma coisa aconteceu ao farmacêutico. O alienista, desde que lhe falaram da momentânea adesão de Crispim Soares à rebelião dos Temakis, ficou desolado. Lembrou-se dos momentos que passaram juntos, das caminhadas de braços dados, do dia em que lhe oferecera rabanetes. Tudo em Crispim Soares o encantava de uma maneira inexplicável: sua careca, coberta por uma fina penugem ensebada; seu corpo robusto, sempre suado, formando *pizzas* nas axilas e nos peitos; a maneira nervosa como reagia diante de sua presença, transpirando ainda mais profusamente. E saber que ele o havia traído da forma como o fez, partia-lhe o coração.

Crispim Soares tentou se explicar, dizendo que cedera a um movimento de terror ao ver a rebelião triunfante. Pediu que lhe perdoasse, mandou-lhe flores, disse que o problema era com ele e não com o alienista. E mesmo desiludido, Simão Bacamarte não o perdoou, mostrou-se frio e disse-lhe que sua mutação estava mais que caracterizada. A atitude do farmacêutico fora *desumana* e, portanto, seu lugar era na Casa Verde.

Mas a prova mais evidente da influência de Simão Bacamarte foi a docilidade com que os vereadores lhe entregaram o próprio presidente, após ter declarado, em plena sessão, que para lavar a Câmara da afronta dos Temakis, não se contentaria com menos de trezentos litros de sangue.

A ameaça chegou aos ouvidos do alienista pelo secretário da Câmara, entusiasmado e bastante energético. Simão Bacamarte começou por meter o próprio secretário na Casa Verde, pois aquele excesso de energia não era coisa de gente. Depois foi à Câmara, onde declarou que o presidente sofria de mutação do chupa-cabra, um gênero que ele pretendia estudar, com grande vantagem para os povos.

A Câmara a princípio hesitou, mas acabou cedendo, pois os vereadores tiveram medo de ser atacados durante a noite e ter seu sangue drenado enquanto dormiam.

Daí em diante foi uma coleta desenfreada. Um homem não podia dar qualquer indício de que possuía habilidades especiais — ainda que elas fossem usadas em benefício da comunidade — sem que fosse alvo de suspeitas. Tudo era considerado mutação e ninguém escapava do controle dos emissários do alienista, que rondavam a vila em busca de novos casos de contaminação.

As pessoas agora mal deixavam suas casas, tamanho era o medo que tinham de sair em público, de falar ou de manifestar qualquer dom ou capacidade que pudesse ser considerada sobre-humana — daí a alegação de que não havia regra para a completa pureza dos genes.

Alguns cronistas acreditam que Simão Bacamarte nem sempre agia de boa-fé e citam como evidência — que não sei se pode ser aceita— o fato de ter acatado uma solicitação da Câmara para liberar da Casa Verde o mutante Costa, além de obrigá-lo a usar seus poderes no fabrico de ouro para fins escusos. Dizem esses cronistas que o objetivo secreto de tal manobra política foi aumentar a renda de algumas figuras importantes.

— Onde é que este homem vai parar? — comentava-se. — Ah! Se nós tivéssemos apoiado os Temakis...

Uma manhã — dia em que a Câmara daria um grande baile — a vila inteira ficou abalada com a notícia de que a própria esposa do alienista fora metida na Casa Verde. Ninguém acreditou, acharam que devia ser invenção de algum gaiato. Mas não era: era a pura verdade, D. Evarista fora recolhida às duas horas da madrugada. O

Padre Lopes correu ao alienista e interrogou-o discretamente acerca do fato.

— Já há algum tempo eu pensava em prendê-la — revelou gravemente o alienista. — Quando eu conheci D. Evarista, o senhor deve se lembrar, ela era uma ogra, eu mal conseguia olhar para ela, que dirá consumar o matrimônio. D. Evarista reclamava dessa situação e chegava até mesmo a se insinuar para os homens da vila, não que algum deles quisesse provar daquela carne de porca...

— Dr. Bacamarte, poderíamos ir direto ao ponto? — interrompeu o vigário, visivelmente nervoso, como se tivesse algo a esconder, algum tipo de aventura sexual tórrida do passado envolvendo esposas gordas de médicos renomados.

— Sim, sim, claro — prontificou-se. — D. Evarista era a visão do inferno, Padre Lopes, por isso a despachei para o Rio de Janeiro. Mas, ao retornar, era outra mulher, perdera trinta quilos, fizera uma série de intervenções cirúrgicas, ficou loura!

— Eu reparei — comentou o vigário, desviando o olhar e perdendo-se em lembranças que as crônicas jamais haveriam de relatar.

— Pois desde então comecei a observá-la. Suas conversas eram todas sobre suas novas roupas, suas novas joias, seus novos seios e, se eu a levasse a algum evento, passava a noite comentando sobre as roupas das outras mulheres ou enumerava quantas delas já haviam feito plástica no nariz — o alienista contava —, mas, esta noite, foi a gota d'água. D. Evarista tinha escolhido e preparado o traje que usaria no baile da Câmara Municipal, só hesitava entre um colar de pérolas e outro de safira. Anteontem perguntou-me qual deles deveria usar, respondi-lhe que tanto fazia. Ontem repetiu a pergunta durante o almoço e, pouco depois de jantar, fui achá-la calada e pensativa. "O que você tem?", perguntei-lhe. "Queria usar o colar de pérolas, pois pérolas são mais clássicas, mas acho o de safira tão bonito!", ela me respondeu. Eu, então, disse: "Pois use o de safira." Ela retrucou: "Ah, mas e o de pérolas?" Enfim, passou a tarde assim. Jantamos e nos deitamos. No meio da madrugada, acordo e não a vejo, levanto-me, vou até o banheiro e a vejo diante dos dois colares, ensaiando-os ao espelho, ora um ora outro. Levei-a direto à Casa Verde.

— Então D. Evarista é uma mutante?

— Padre Lopes, veja bem: viver com uma mulher chata e feia é uma coisa, mas dividir o mesmo teto com uma mala insuportável que se acha bonita é o pior castigo que um homem pode ter. É uma tortura diária que não acaba nunca, nunca. Não há nada pior do que uma mocreia com autoestima.

O Padre Lopes não se satisfez com a resposta, mas não objetou nada.

— Deixa a D. Evarista lá umas seis semanas — concluiu Bacamarte —, quem sabe ela não volta mais quieta.

E a atitude do ilustre médico devolveu-lhe o respeito dos cidadãos. Hipóteses, invenções, desconfianças, tudo caiu por terra quando ele levou a própria mulher à Casa Verde, pois, além de ser esse o sonho de nove entre dez maridos de Itaguaí, ninguém mais aguentava as conversas chatas e intermináveis de D. Evarista.

CAPÍTULO **11**

O assombro de itaguaí
(e a confraternização
entre as espécies)

E agora, prepare-se o leitor para o mesmo assombro que teve a vila ao saber um dia que os mutantes da Casa Verde iriam todos ser postos na rua.

— Todos?

— Todos.

— É impossível, alguns sim, mas todos...

— Todos. Assim ele disse no ofício que mandou hoje de manhã à Câmara.

De fato o alienista enviara à Câmara um documento polêmico em que declarava em seis parágrafos que:

1. havia verificado nas estatísticas da vila e da Casa Verde que quatro quintos da população encontravam-se naquele estabelecimento;

2. que esse deslocamento de população o havia levado a examinar os fundamentos da sua teoria das mutações genéticas, teoria que tornava alienígena todos que apresentassem habilidades consideradas perfeitas e absolutas e, portanto, sobre-humanas;

3. que, desse estudo, e do fato estatístico, resultara para ele a convicção de que a verdadeira teoria não era aquela, mas a oposta e, portanto, que se devia admitir como normal e exemplar a existência de habilidades especiais e como hipóteses de contaminação por vírus alienígena todos os casos em que aquelas habilidades não fossem constatadas;

4. que, em vista disso, declarava à Câmara que ia dar liberdade aos mutantes da Casa Verde e hospedar nela as pessoas que se achassem nas condições agora expostas;

5. que, tratando de descobrir a verdade científica, não pouparia esforços, esperando da Câmara igual dedicação;

6. que restituía à Câmara e aos responsáveis pelos internos, a soma do valor recebido para alojamento dos supostos mutantes, descontada a parte efetivamente gasta com alimentação, roupa, óculos antirraio laser para os ciclopes, ar-condicionado de alta potência para a cela do homem tocha, danos morais ao homem gelo

após confronto com o homem tocha, que resultou no derretimento de sua calota polar etc.; o que a Câmara mandaria verificar nos arquivos da Casa Verde.

O assombro de Itaguaí foi grande, não foi menor a alegria dos parentes e amigos dos reclusos, que agora não mais seriam considerados mutantes. Nem mesmo o homem elástico, os dragões, ou o famoso rapaz peludo com o nariz fálico: eram todos humanos agora!

Jantares, danças, músicas, tudo foi feito para celebrar tão grande acontecimento. Não descrevo as festas por não interessarem ao nosso propósito, mas foram esplêndidas, emocionantes e cheias de pegação. Dizem, inclusive, que foi durante esse período de celebração, regada a muito álcool, que foi concebida a segunda geração de seres geneticamente modificados — ou puramente humanos, como declarava o alienista em seu ofício.

De uma forma ou de outra, o fato era inegável: jamais em toda a história daquela vila, testemunhou-se tamanha confraternização e igualdade entre as espécies.

E assim caminhavam as coisas humanas! (Ou alienígenas, enquanto houvesse bebida, ninguém queia saber!) No meio de tanta alegria provocada pelo ofício de Simão Bacamarte, ninguém se ateve à frase final do quarto parágrafo, uma frase que, somada à ressaca dos dias que estavam por vir, ainda haveria de dar muita dor de cabeça ao povo de Itaguaí.

CAPÍTULO **12**

O final do 4º parágrafo e a legião de medíocres

Ao término dos festejos, tudo parecia ter voltado aos antigos eixos. A Câmara exercia outra vez o governo, sem nenhuma pressão externa. O presidente e o vereador Sebastião Freitas tornaram aos seus lugares, como se nada tivesse ocorrido. Reinava a ordem.

O barbeiro Porfírio, após todos aqueles acontecimentos, aprendeu sua lição e preferiu a mediocridade de seus cortes de cabelo às calamidades brilhantes do poder. Foi processado, mas a população da vila implorou para que ele fosse absolvido, daí o perdão. João Pina também foi perdoado, sob a alegação de que ele havia derrubado um rebelde.

Não só retiraram as queixas contra o alienista, mas também foi deixado para trás todo o ressentimento dos atos por ele praticados. E, ainda por cima, constam nas crônicas, que os mutantes da Casa Verde, desde que foram declarados plenamente humanos, sentiram-se profundamente agradecidos ao nobre médico.

A única que não conseguia de forma alguma perdoar os atos de Simão Bacamarte era sua própria esposa, D. Evarista, que a princípio queria o divórcio. Mas a dor de perder uma vida luxuosa, seus vestidos de seda e seu cirurgião plástico venceu qualquer ressentimento de amor-próprio.

Não menos íntima ficou a amizade do alienista e do farmacêutico. Este concluiu que a prudência é a maior das virtudes em tempos de revolução e apreciou muito o ato heroico do alienista, que, ao dar-lhe a liberdade, estendeu-lhe a mão e apertou-lhe as gorduras, saudoso.

— É um grande homem — disse Bacamarte à mulher de Crispim, que concordou.

Isso tudo sem falar do mecânico, do Coelho, do Martim Brito e outros especialmente nomeados nas crônicas, basta dizer que puderam exercer livremente os seus hábitos anteriores. O próprio Coelho, tomado como mutante por se assemelhar a um, *bem*, coelho, agora devorava cenouras em público sem que ninguém o julgasse. O homem elástico voltou a usar suas habilidades em benefício da vila e não era raro vê-lo servindo de pula-pula para as crianças no parquinho ou de toldo durante uma chuva inesperada. Já os dragões, voavam livremente pelo céu de Itaguaí, muitas vezes até transportando alguns cidadãos de um local a outro; enquanto o homem tocha promovia churrascos memoráveis quase todo domingo depois da missa.

Entretanto, a Câmara, que respondera ao ofício de Simão Bacamarte com a ressalva de que oportunamente iria deliberar sobre o final do 4° parágrafo, tratou enfim de legislar sobre ele. Foi aprovada, sem qualquer debate, uma lei autorizando o alienista a internar na Casa Verde as pessoas completamente desprovidas de talento ou habilidades especiais.

Por via das dúvidas — e, em virtude das experiências anteriores —, a Câmara estabeleceu uma cláusula de segurança, onde deixava claro que aquela autorização seria provisória, limitada a um ano, para o fim de ser experimentada a nova teoria sobre o grupo atingido pelo vírus alienígena. E, ainda de acordo com a cláusula, a Câmara poderia, antes mesmo daquele prazo, mandar fechar a Casa Verde, se a isso fosse aconselhada por motivos de ordem pública.

O vereador Freitas propôs também a declaração de que, em nenhum caso, fossem os vereadores recolhidos à instituição dos mutantes: cláusula que foi aceita, votada e incluída na lei, apesar das reclamações do vereador Galvão que, como de costume, foi mandado calar a boca.

O argumento principal desse vereador era que a Câmara, legislando sobre uma experiência científica, não poderia excluir os seus membros das consequências da lei, a exceção era odiosa e ridícula. Mal terminou seu discurso e já foi atacado pelos demais vereadores, que se posicionaram contra a audácia e a insensatez do colega.

— A Câmara — concluiu Galvão — não nos dá nenhum poder especial nem nos torna sobre-humanos.

E dito isso, foi imediatamente levado à Casa Verde, acusado de ser um *medíocre* e, portanto, pertencente ao novo grupo a ser pesquisado por Simão Bacamarte. A Câmara apoiou o pedido do alienista e votou unanimemente a entrega do vereador Galvão — o primeiro medíocre oficial da vila de Itaguaí.

Compreende-se que, pela nova teoria, nem sempre bastava um fato ou um dito para recolher alguém à Casa Verde, às vezes era preciso uma longa pesquisa, um vasto inquérito do passado e do presente do suspeito de mediocridade. O Padre Lopes, por exemplo, só foi capturado trinta dias depois da publicação da lei, a mulher do farmacêutico quarenta dias.

A internação dessa senhora encheu o marido de indignação. Crispim Soares saiu de casa espumando de ódio e declarando às pessoas a quem encontrava que ia acabar com a raça daquele tirano, que ia lhe arrancar as roupas e atirar-se em cima dele, e que os dois haveriam de se atracar a noite inteira.

Um sujeito, adversário do alienista, ouvindo na rua a notícia, esqueceu os motivos de dissidência e correu à casa de Simão Bacamarte, para avisar-lhe do perigo que corria. Simão Bacamarte mostrou-se grato ao procedimento do adversário, e poucos minutos lhe bastaram para perceber que não passava de um puxa-saco, um bajulador sem nenhum talento, que sobrevivia às custas do poder alheio, apertou-lhe muito as mãos e recolheu-o à Casa Verde.

— Um caso clássico de mediocridade — disse ele à mulher, pasma. — Agora esperemos o nosso Crispim.

Crispim Soares entrou. A dor vencera a raiva, o farmacêutico não arrancou as roupas do alienista, como prometera, nem se atirou sobre ele — para o desapontamento de Bacamarte, que já havia até trocado os seus lençóis.

Os planos tórridos do alienista se resumiram a consolar o seu íntimo amigo, segurando-lhe as mãos e massageando-lhe os ombros. Enquanto isso, noticiava ao farmacêutico que sua mulher era um caso perdido, que talvez o vírus alienígena já tivesse causado alguma lesão cerebral e que iria examiná-la com muita atenção, mas que as chances eram mínimas e que ninguém iria culpá-lo por buscar alguma distração.

Mas após os pedidos soluçantes de Crispim Soares, que se debulhava em lágrimas no colo do alienista, Bacamarte permitiu que ele fosse levado até a Casa Verde para visitar a esposa. E disse:

— O senhor trabalhará durante o dia na farmácia, mas almoçará e jantará com sua mulher e aqui passará as noites, os domingos e os feriados.

A proposta colocou o pobre farmacêutico diante de um dilema. Queria viver com a mulher, mas tinha medo de voltar à Casa Verde e permaneceu nessa dúvida por algum tempo, até que um evento inesperado o tirou da dificuldade. É que, de tanto forçar sua mente para achar uma resposta, o farmacêutico acabou desenvolvendo uma capacidade de telepatia e passou a transmitir e receber recados de sua esposa à distância, sem precisar colocar os pés na Casa Verde. E pareceu sublime ao alienista como o egoísmo e a fraqueza de caráter eram capazes de desencadear nos homens o surgimento das mais inacreditáveis habilidades.

Ao cabo de cinco meses, poucas pessoas desprovidas de talento haviam sido capturadas, mas Simão Bacamarte não sossegava, ia de rua em rua, de casa em casa, espreitando, interrogando, estudando. E, quando recolhia um medíocre, levava-o com a mesma alegria com que antes carregava dezenas de superpoderosos.

Essa mesma desproporção confirmava a teoria nova e, enfim, achara-se a verdadeira patologia alienígena:

— O vírus — explicava o alienista — penetra no corpo humano e invade todo o seu sistema, contaminando os genes responsáveis pelas habilidades do hospedeiro e, em consequência, inibindo a manifestação de qualquer tipo de talento.

A teoria exposta por Simão Bacamarte provocou nos cidadãos um sentimento profundo de revolta, pois tornava aquela questão não apenas científica, mas de segurança nacional. O vírus alienígena tinha por objetivo o aniquilamento completo das habilidades dos homens — e também de algumas mulheres, mas não muitas —, caracterizando-se, portanto, como uma ameaça ao futuro da humanidade.

Sendo assim, o povo de Itaguaí passou a nutrir pelos medíocres um ódio crescente, que se acentuava à medida que novas prisões eram efetuadas. Como a maioria dos ineptos já era mesmo odiada pela população — o que incluía, dentre outros, vendedores de loja e operadores de telemarketing —, ninguém ficou surpreso quando Simão Bacamarte, em uma rara manifestação de seu senso de humor, disse para meia dúzia de atendentes de uma operadora de celular que aguardassem um momento, pois iria estar levando todos para a Casa Verde.

Mas espantoso mesmo foi quando o alienista levou à sua instituição um dos artistas mais estimados daquela vila, o Salustiano. Era ele o responsável pelas mais belas pinturas já vistas nos vitrais e na cúpula da Igreja Matriz, um talento inestimável — dizia-se. E muito prestativo também, mais de uma vez se oferecera para pintar o muro de Itaguaí, e o fizera de maneira esplendorosa.

Não havia sequer um dia em que Salustiano não fosse visto pelas ruas carregando seus pincéis e fazendo alguma arte. Seus quadros eram muito apreciados pelos bons homens da vila e alguns chegavam até a chamá-lo de jovem Picasso — embora em seu trabalho não houvesse qualquer referência ao cubismo.

Mas dizem as crônicas — e as crônicas são de fato inquestionáveis — que, certa manhã ensolarada, o Salustiano foi visto na varanda de sua pequena residência, ao fim da Rua Torta, completamente inerte. O fato era inédito e, em razão disso, perguntaram-lhe o que havia com ele, ao que Salustiano respondeu que não era nada, apenas acordara sem inspiração.

Com o passar das horas, aquela manhã improdutiva logo se convertera em um dia e o dia em semanas, até que dois meses se passaram sem que o artista houvesse encontrado sua musa. Estava em crise — diagnosticaram os leigos. Permanecia catatônico diante de uma tela em branco por horas, incapaz de fazer um traço ou dar uma pincelada, nada.

Não demorou muito até que o caso do Salustiano caísse nas mãos de Simão Bacamarte. Ao visitá-lo em sua casa, o alienista testemunhou o que mais tarde viria a chamar de falência múltipla dos genes, o que ocorria quando todas as habilidades do hospedeiro eram absorvidas pelo vírus.

— Então o senhor acha que...? — perguntavam-lhe, descrentes do trágico destino do jovem Picasso.

— Sem dúvida — respondia-lhes o alienista. — Foi inteiramente contaminado pelo vírus alienígena. Duvido que haja cura, mas farei o possível para salvar este homem da mediocridade eterna.

E a partir daí, uma legião de pessoas sem talento passou a ser capturada. Nem o povo de Itaguaí e nem mesmo o próprio Simão Bacamarte tinham a exata noção de quanta gente medíocre havia naquela vila. Eram inúmeros, alojados na Casa Verde por classes. Fez-se uma grande galeria de inábeis, onde se encontrava, por exemplo, o barbeiro Porfírio, preso após cortar fora parte da orelha de um cliente. Havia também galerias menores, como a de músicos desafinados, atores canastrões, escrivães disléxicos etc.

Naturalmente, as famílias e os amigos dos medíocres se posicionavam contra a teoria e alguns tentaram compelir a Câmara a cassar a licença concedida ao médico. A Câmara, porém, não esquecera as palavras do vereador Galvão e, se cassasse a licença, iria vê-lo na rua e restituído ao seu lugar, pelo que, recusou. Simão Bacamarte mandou um ofício aos vereadores, não agradecendo, mas felicitando-os por esse ato de vingança pessoal, pois até mesmo para confabular era preciso ter *algum* talento.

Ao fim do prazo concedido para aquela experiência, a Câmara autorizou um prazo suplementar de seis meses para a cura dos medíocres. O desfecho desse episódio da crônica itaguaiense é tão arrebatador e inesperado como as revelações finais dos filmes de M. Night Shyamalan e merecia nada menos de dez capítulos de exposição, mas estou com preguiça e contento-me com apenas um, que será o arremate da narrativa, e um dos mais belos exemplos de convicção científica e abnegação humana.

CAPÍTULO **13**

plus ultra:
ao infinito e além!

Era hora de curar os medíocres. Simão Bacamarte, ativo e sagaz em descobrir os cidadãos contaminados por vírus alienígena, mostrou ainda mais competência e habilidade no tratamento dos doentes. Neste ponto todos os cronistas estão de pleno acordo: o ilustre alienista fez curas impressionantes, que provocaram a mais viva admiração em Itaguaí.

De fato, seu sistema terapêutico era praticamente infalível. Estando os medíocres divididos por classes, segundo a incompetência de cada um, Simão Bacamarte cuidou em atacar de frente a inabilidade predominante. Suponhamos um desafinado. Ele aplicava a técnica que pudesse estimular o seu talento, mas não ia logo às doses máximas — graduava-as conforme o estado, a idade, o temperamento e a posição social do indivíduo infectado. Às vezes bastavam algumas aulas de canto e preparação vocal para despertar algum talento no medíocre.

Em outros casos, quando o vírus adquiria resistência, o alienista recorria a medidas mais extremas. Houve um ator canastrão que resistiu a tudo: oficinas de interpretação, convite para ser galã da novela das oito, promessa de fãs enlouquecidas, de uma carreira longa e pura, tudo. Simão Bacamarte começava a desistir da cura, quando teve uma ideia revolucionária — tanto para a medicina terapêutica quanto para a preparação de atores.

Certa noite, adentrou no cubículo do jovem ator e participou-lhe que sua mãe havia sido sequestrada — o que era mentira, é claro, mas em termos de construção de personagem poderia ser chamado de "situação dada". E para dar ainda mais veracidade aos fatos, o alienista simulou uma ligação feita pelo sequestrador, em que a mãe do ator gritava por socorro.

Na manhã seguinte, o jovem foi conduzido a um pequeno auditório na ala oeste da Casa Verde, onde deveria fazer uma leitura de um texto cujo drama girava em torno de um terrível sequestro. Como o ator não sabia que tudo havia sido planejado pelo médico, interpretou o personagem com tamanha verdade que recebeu alta ao término do primeiro ato.

— Foi um santo remédio — contava a mãe do ator —, foi um santo remédio.

Já o pintor Salustiano, que sofria de bloqueio criativo, foi um dos maiores desafios do alienista. Sua inércia já durava meses e nada era capaz de inspirá-lo, nem mesmo as mais belas moças da vila, nuas, aos montes, faziam-no trabalhar o pincel.

— Uma pena — lamentavam —, perder um jovem talento como o Salustiano.

Foi só então que o nobre médico obteve a solução do enigma, mas guardou para si e desfrutou sozinho daquele momento de glória. "Mais uma vez, a ciência haveria de dar a palavra final", pensava. E, tão logo chegou à Casa Verde, foi ter uma conversa com o artista, disse-lhe que não se preocupasse mais com sua recuperação, que ficasse descansado, pois Itaguaí ganhara um novo artista, um jovem promissor que havia se instalado na vila havia alguns dias e ficaria responsável pela pintura do muro e pelo que mais lhe fosse solicitado.

Dizem as crônicas que o efeito daquelas palavras foi instantâneo. Tão logo recebeu a notícia, Salustiano levantou-se da cama e pôs-se a arrumar o cavalete. Naquele mesmo dia, o artista pintou cinco novas telas e, em menos de uma semana, as galerias da Casa Verde já estavam tomadas pelas obras do pintor.

Foi outro santo remédio.

— Realmente, é admirável! — dizia-se nas ruas, ao ver a expressão de autoconfiança e brilhantismo dos ex-medíocres.

Tal era o sistema: cada inaptidão física ou mental era atacada no ponto em que a mediocridade parecia mais sólida e o efeito era certo. Na verdade, nem sempre. Casos houve em que a incompetência predominante resistia a tudo, então o alienista atacava outra parte, aplicando à terapêutica o método da estratégia militar de *War*, ou seja, se não há como conquistar a Europa e a Oceania, começa-se por outro continente a sua escolha. E se nada der certo, bagunce tudo e vá embora, como faz um bom perdedor.

E foi seguindo essa estratégia que Simão Bacamarte completou seu objetivo. No fim de cinco meses e meio estava vazia a Casa Verde, todos curados da inaptidão!

O vereador Galvão, um dos últimos a receber alta, teve a felicidade de perder um tio. Digo felicidade porque, durante o velório, que o vereador foi autorizado a comparecer, algo inacreditável se sucedeu. Em dado ponto da cerimônia, ao se aproximar do caixão e tocar no rosto do seu falecido tio, Galvão trouxe-lhe de volta à vida, revelando aos membros mais influentes da vila seu dom sobrenatural de

120

ressuscitar os mortos. Diante do fato, sua liberdade foi imediatamente solicitada e aprovada por unanimidade.

Quanto à esposa do farmacêutico, não ficou muito tempo na Casa Verde. Após algumas semanas sem notícia do marido, começou a questionar:

— Por que é que o Crispim não vem me visitar? — e repetia a pergunta todos os dias.

Respondiam-lhe ora uma coisa, ora outra e, afinal, disseram-lhe a verdade. A digna senhora não pôde conter a revolta. Nas explosões de ódio escaparam-lhe expressões soltas e vagas, como estas:

—Tratante!... gordo nojento!... porco!...

Simão Bacamarte advertiu que aquilo não era jeito de se referir a tão admirável homem e que, se ela não estivesse satisfeita com o marido, havia quem o quisesse. Não lhe diria quem, pois não convinha, mas que ela prestasse atenção porque havia gente de olho.

Foi quando a senhora perdeu de vez o controle e tudo ao seu redor começou a se mover; objetos eram arremessados de um lado a outro do cubículo, sem que ninguém os tocasse. O surto de ódio de D. Cesária desenvolveu em seu cérebro a habilidade da telecinesia e não apenas isso, mas também a capacidade de interagir com objetos de metal, derretendo-os e entortando-os.

A cena, que poderia causar espanto na maioria dos leigos, era, para Simão Bacamarte, uma consagração, pois ali estava, diante dele, mais um exemplo vivo de como o ser humano é capaz de se transformar. E a mutação não era nada mais do que os anticorpos agindo contra o vírus da mediocridade. "Que bela cena", pensou e prontamente lhe deu alta.

Agora, se vocês pensam que o alienista ficou radiante ao ver sair o último hóspede da Casa Verde, mostram com isso que ainda não conhecem o nosso homem.

— *Plus ultra!* — repetia.

Não lhe bastava ter descoberto a teoria verdadeira sobre o que é humano e o que é alienígena, não o contentava ter estabelecido em Itaguaí o reinado da humanidade, repleta de diferentes habilidades e talentos. *Plus ultra!* Não ficou alegre, mas sim preocupado, pensativo, alguma coisa lhe dizia que a nova teoria tinha, em si mesma, outra e novíssima teoria.

E assim ele ia, de um cabo a outro do escritório, metido em si mesmo, estranho a todas as coisas que não fosse o tenebroso problema do vírus alienígena. Súbito, parou. Em pé, diante de uma janela, perguntou a si mesmo:

— Mas estariam eles realmente infectados e foram curados por mim, ou o que pareceu a cura não foi nada mais do que a descoberta da completa infestação pelo vírus alienígena?

E cavando por aí abaixo, eis o resultado a que chegou: os mutantes que ele pensava ter curado, eram na verdade humanos, sempre foram.

— Sim — dizia em voz alta —, eu não posso ter a pretensão de haver-lhes incutido uma habilidade ou um talento novo, uma e outra coisa já existiam no estado latente.

Chegado a essa conclusão, o ilustre alienista teve duas sensações contrárias, uma de gozo, outra de abatimento. A de gozo foi por ver que, ao término de longas e pacientes investigações, podia afirmar esta verdade: não havia mutantes em Itaguaí; a cidade não possuía um só alienígena.

Mas tão depressa essa ideia surgiu, outra apareceu e neutralizou o primeiro efeito, foi a ideia da dúvida. Mas como assim? Itaguaí não possuiria um único alienígena?

A aflição do célebre Simão Bacamarte é definida pelos cronistas itaguaienses como uma das mais medonhas tempestades morais que já desabaram sobre o homem.

"Vejamos", pensava ele, "vejamos se chego enfim à última verdade".

Dizia isso, passeando ao longo do escritório, onde fulgurava a mais rica biblioteca, formada ao longo de sua vida e de suas viagens pela Europa, Oceania e outro continente a sua escolha. Um sobretudo de cor damasco, preso à cintura por uma faixa, envolvia o corpo mirrado do alienista. Sua pele viscosa possuía uma tonalidade amarronzada, pouco comum. Os pés enormes e os braços finos e desproporcionais eram resguardados por um par de olhos vermelhos como o sangue. Seu chapéu, simples e modesto, cobria a superfície calva e brilhante de sua cabeça, que só não era completamente lisa devido a três protuberâncias que brotavam, assemelhando-se a chifres.

Vinte minutos depois a fisionomia do alienista se iluminou de uma suave claridade.

"Sim, há de ser isso", pensou ele, e convocou um conselho de amigos, a quem interrogou com franqueza:

— Os senhores se recordam de quando cheguei a Itaguaí?

— Sim, claro — disse em coro a assembleia. — Faz treze anos.

— Treze anos... — repetiu, pensativo. — E os senhores se lembram de algum outro evento ocorrido há treze anos?

Os nobres senhores se entreolharam, percebendo finalmente do que se tratava aquela reunião. Ninguém se atreveu a dizer uma só palavra, o silêncio era absoluto e angustiante.

— Há treze anos que houve o incidente — respondeu a si mesmo.

— Não precisamos falar disso agora — interveio Crispim Soares, suando em bicas.

— Esqueça isso! — aconselhou D. Evarista, com as mãos trêmulas. — Sua busca pela verdade já foi longe demais! Já basta, eu lhe imploro!

Simão Bacamarte estremeceu. De repente tudo fez sentido, o incidente, o vírus, os mutantes, *plus ultra*!

124

— Não, impossível! — bradou o alienista, em um clássico exemplo do estado de negação.

A assembleia insistiu que o assunto fosse dado por encerrado, mas o alienista resistiu, alegando que precisava de respostas, mesmo sabendo que elas teriam um preço.

Finalmente o Padre Lopes explicou tudo, como fazem os coadjuvantes na reviravolta final dos filmes de suspense:

— Sabe a razão por que não vê as suas elevadas qualidades, que aliás todos nós admiramos? — indagou-lhe, ignorando os prantos de D. Evarista. — É por que há treze anos este mesmo grupo que aqui se encontra decidiu guardar um segredo. Nós o acolhemos nesta vila e o protegemos da verdade, levando-o a acreditar que era você quem nos protegia. E fizemos isso porque tínhamos plena fé de que os seus poderes nos tornariam pessoas melhores.

— E olhe para nós — interrompeu o farmacêutico, apontando para todos os presentes. — Nossas habilidades extraordinárias, nossos talentos recém-descobertos, devemos tudo isso a você.

Simão Bacamarte curvou a cabeça sentindo-se alegre e triste ao mesmo tempo, na verdade mais alegre do que triste. Em seguida, recolheu-se à Casa Verde. Em vão a mulher e os amigos lhe disseram que ficasse, que não se importavam com a verdade e que aquilo poderia ser posto de lado, como se nunca houvesse acontecido. Mas nada deteve o alienista.

— A questão é científica — dizia ele, ainda trêmulo. — Trata-se de uma teoria nova, cujo primeiro exemplo sou eu. Reúno em mim mesmo a teoria e a prática.

— Simão! Simão! Meu amor! — diziam-lhe a esposa e o farmacêutico, ambos com o rosto lavado em lágrimas.

Mas o ilustre médico, com os olhos vermelhos, acesos da convicção científica, não deu ouvidos à saudade de seu belo Crispim e repeliu-o, como jamais fizera.

Fechada a porta da Casa Verde, entregou-se ao estudo e à cura de si mesmo, pois era, o próprio alienista, o ET de Itaguaí.

Dizem os cronistas que ele passou dezessete meses reconstruindo os destroços da nave, sem ter podido alcançar nada.

Mas em uma bela noite estrelada, homens e mulheres daquela pacata vila testemunharam uma nova explosão no céu, que dessa vez não assustou os moradores, mas os encheu de uma estranha sensação de alívio e saudade.

Alguns contam que, após essa data, todas as habilidades sobre-humanas dos cidadãos foram pouco a pouco desaparecendo, até que todos voltassem a ser tão medíocres como antes, mas tal opinião é fundada em um boato e não há outra prova senão o boato.

Seja como for, a espaçonave decolou com muita pompa e rara solenidade, e desapareceu sob o céu de Itaguaí, partindo rumo ao infinito.

CLÁSSICOS FANTÁSTICOS

Como seriam alguns de nossos clássicos se tivessem sido escritos hoje? Foi com esta ideia que surgiu a coleção Clássicos Fantásticos. Quatro autores com grande experiência em humor e roteiros para TV se debruçaram sobre algumas de nossas obras mais festejadas e criaram uma versão desses livros, agora com elementos de ficção moderna.

Os leitores irão se surpreender ao perceber que, partindo da história original, foi possível incluir elementos fantásticos e criar tramas sem perder o significado dos clássicos.

A escrava Isaura e o vampiro

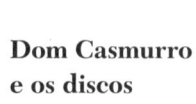

Um livro apavorante! Baseado no romance de Bernardo Guimarães, a história ganha nova vida, com gente morta para todo lado e um vilão, Leôncio, como um Vampiro atrapalhado.

BERNARDO GUIMARÃES E JOVANE NUNES

Senhora, a bruxa

Em 1875, José de Alencar criou "Senhora", essa destruidora de corações qu comprou o único homem q se atreveu abandoná-la. Ne nova versão do romance clássico o folhetim de époc vira uma trama sobrenatura com elementos de magia.

JOSÉ DE ALENCAR E ANGÉLICA LOPES

Dom Casmurro e os discos voadores

A trama romântica com a famosa personagem clássica Capitu agora sofre a interferência de seres alienígenas e andróides, disfarçados sob os personagens originais de Machado. Bentinho não está apenas envolvido no triângulo amoroso, mas numa disputa de forças intergalácticas.

MACHADO DE ASSIS E LÚCIO MANFREDI

LEIA TAMBÉM:

Jane Austen, a vampira

Imagine uma autora das ma festejadas nos dias de hoje, mas que pertence ao sécul 18, assistindo a todo tipo de adaptação de sua obra sem poder falar nada! Imagine ela se transformou em vampira, tornou-se dona de uma livraria e, Lorde Byro vampiro que cortou o seu coração, ao trocá-la pela psicótica Charlotte Brontë, ressurge em sua vida causa um turbilhão de situações absurdas.

MICHAEL TOMAS FORD